프로이트의 농담이론과 시조의 허튼소리

"프로이트의
농담이론과
시조의 허튼소리"

이영태

채륜

입으로 외우고 마음으로 즐거워하며,
손으로 펼치고 눈으로 보게

시조는 초장·중장·종장의 길이가 제한돼 있는 문학 장르이다. 이런 장르 중에서 초장이나 중장이 여타의 장章보다 제한 없이 길어진 경우가 있는데 이를 사설시조라 지칭한다. 시조의 내용 또한 기존의 평시조와 달리, 실생활의 소재를 통해 일상사를 진솔하고 생동감 있게 표현한 것과 관련돼 있다. 그에 따라 사설시조의 특징을 인간의 솔직함과 해학성으로 규정지을 수 있었던 것이다. 특히 일상사라 하더라도 대놓고 언급하기 힘든 남녀 간의 성性을 소재로 하는 시조, 차마 입에 담기 어려울 정도의 음담패설에 해당하는 시조 등은 교과서 류類에 수록되지 못한 채 연구자들의 가십거리로 머물던 사설시조들이었다.

하지만 『청구영언』이 '입으로 외우고 마음으로 즐

거워하며, 손으로 펼치고 눈으로 보게' 하려는 의도로 편찬됐으며, 그 중에는 '노랫말이 음탕하고 뜻과 지취가 보잘 것 없어 족히 본받을 만하지 못한' 경우도 포함돼 있었다. 『청구영언』의 마지막 항목에는 만횡청류蔓橫淸類 116편이 수록돼 있는데, 이들이 음탕함과 관련된 노래들이다. 물론 만횡청류가 '방탕한 내용의 가사를 치렁치렁 늘어지는 곡조로 부르는 노래의 류類'이며 (조규익), 사설시조가 술자리의 오락賓筵之娛으로 기능했던 점을 감안하면 음탕한 노랫말이 『청구영언』에 수록된 이유를 짐작할 수 있다. 시조의 가창공간이 태생적으로 주연석酒宴席이나 풍류장風流場이 대부분이었던 만큼 그곳에서 진술되는 음탕하고 뜻과 지취가 보잘 것 없는 노랫말은 곧 음담패설에 해당하며 이는 술자리의 흥을 돋우는 데 빠지지 않는 행위이기도 하다.

음담패설에 해당한다 하여 그냥 놔두면 그들은 여전히 독서물의 영역 밖에서 머물 수밖에 없다. 그들이 아무리 해학성에 기대 인간의 솔직함을 드러냈다 하더라도 말이다. 그러나 사설시조가 가창공간에 참석한 자들이 동의할만한 특정한 역할을 했으며 그것이 해당 장르를 이해하는 일이라 할 때 주변에서 서성이던 그들을 독서물 쪽으로 견인할 필요가 있다. 이것은 사설시조가 손으로 펼치고 눈으로 보는 독서물이면서 노래부르기를 위한 가창물이었다는 편찬자의 의도를 십분 반영하는 일이기도 하다.

이에 프로이트의 농담이론에 기대어, 성性을 소재로 하거나 음담패설에 해당하는 사설시조를 설명하고자 한다. 가창공간에 참석한 자들의 심리기제가 어떻게 작동했으며, 노랫말이 불필요하게 확장된 이유, 그리고 서사 구조가 극적으로 반전된 이유 등을 논의하는 게 그것이다. 사설시조 노랫말의 제양상은 농담이론(놀이, 익살, 악의 없는 농담, 경향성의 농담)으로 설명할 수 있다. 놀이는 유사한 것의 반복 및 잘 알고 있는 것의 재발견에 해당하고, 익살은 두 단어에서 나는 같은 소리의 일원화音相似이고, 악의 없는 농담은 겉으로 보기에 순수한 표현이지만 거기에 실체나 가치가 있는 생각을 바꾸어 넣을 수 있는 경우이다. 끝으로 경향성의 농담은 노출을 위한 외설적인 농담에 해당한다. 그리고 개개의 단계가 진술될 때 가창공간에 참석한 자들의 심리 또한 사설시조를 이해하는 전제에 해당한다.

이 책은 필자가 학계에 제출했던 「사설시조의 가창공간과 가창 참석자들의 심리」(『고전문학연구』 27집, 한국고전문학회, 2005.)를 근간으로 하고 있다. 대강은 사설시조가 주연석이나 풍류장의 흥興을 돋우는 기능을 했으며 소재로 등장하는 고약한 질병, 파계승, 불구 동물, 해충, 남녀의 연장, 각씨 등이 참석자들에게 즐거움을 주었다는 것이다. 그래서 가창공간의 참석자들이 느꼈던 흥에 독자들도 참여할 수 있도록 각각의 항목에 세부 목차를 설정하고 해당 사설시조의 원문과 현대어를 나란히 제시하여 놓았다. 물론 프로이트의 농담이론과 미학에서 바라본 웃음론, 웃음의 미학과 놀이의 법칙 등 사설시조의 독법讀法에 해당할 수 있는 부분을 시조와 결부하여 해설하였다. 시조의 노랫말이 근엄함에서 허튼소리 쪽으로 이동하는 과정에서 소재의 선택과 표현의 특징, 참석자들의 심리 등을 설명하기 위해 프로이트의 『농담과 무의식의 관계』에 대한 분석을 참고하고 웃음론의 외연을 확장시켜 해설했다는 것이다. 그에 따라 독자들은 세련된 음담패설의 조건과 진술자와 청자의 역할, 가창공간의 분위기 등을 감안하면서 해당 사설시조를 이해할 수 있을 것이다.

필자는 상대가요, 신라향가, 고려속요와 관련하여 여러 권의 책을 출간한 바 있다. 이제 조선 후기 사설시조를 읽는 한 방법을 세상에 내놓는다. 상대시대에서 출발하여 조선 후기에 도착한 셈이다. 교과서류 혹은 교양서류 밖에서 머뭇거리던 노랫말을 견인하여 해설을 부쳤으니 그것을 독자들이 공유하기를 바랄 뿐이다.

이 책에서 인용한 시조들은 참고문헌에 밝혔듯이 『청구영언(진본)』과 『청구영언(육당본)』, 그리고 『역대시조전서』에 의거한다. 원본에 관심 있는 독자는 『청구영언(진본)』을 촬영하여 영인본으로 묶은 자료(국립한글박물관, 2017)가 있으니 이를 참고하기 바란다.

끝으로 이번에도 필자의 짐을 함께 나누어 진 채륜과 번다한 교정과정을 맡은 김승민 선생께 고마움을 전한다.

2018년
여름 트윈재에서

/ 차례 /

• 첫째 노래 •

사설시조의 가창공간과
참석자들의 심리

-프로이트의 농담이론을 통하여

시조는 빈연지오賓筵之娛(술자리의 오락)이다. 그래서 이에 대한 이해는 빈연賓筵의 정황을 감안하는 데에서 출발해야 한다. 시조에 대한 논의들 중에서 구비연행적 측면에 대한 관심, 공식구적 표현과 시인의 독창성에 대한 고려, 관습시론적 검토는 물론 사설시조와 엮음민요의 유희적 개방구조를 중심으로 사설시조의 작시원리에 대한 천착, 사설시조 연행의 성격을 '개인 놀이형, 동호인형, 패트론형, 놀이를 파는 형'으로 분류, 연행예술로서 사설시조가 지닌 문학적 성격을 규명했던 시도들은 모두 '빈연'이라는 가창공간을 감안한 논의들이었다.

하지만 시조의 가창공간에 대한 주목은 있었지만 그곳에 참석한 자들의 심리를 본격적으로 논의한 경우는 없었다. 가창공간에 참석한 자들의 심리가 그곳에서 가창되는 시조에 그대로 반영된다는 점에서 참석자들의 심리변화에 기대는 것도 연구의 한 방법이다. 그러나 가창공간 참석자들의 신분이나 동원된 악기, 그리고 노래부르는 순서 정도만 알 수 있을 뿐 빈연지오에 참석했던 자들의 심리를 온전히 재구할 수 있는 자료는 없다. 다만 사설시조가 허튼소리로 기능한다 할 때, '허튼'이 '헤프게, 함부로, 쓸데없는, 되지 못한'이란 뜻의 관형사이기에 허튼소리는 곧 농담이다. 그리고 프로이트의 이론에서 농담이 정신적 과정에서 쾌락을 획득하는 것을 목표로 하는 행위이고 농담에 의해 고무된 청취자의 정신적 과정은 대부분의 경우 농담을 만들어 낸 사람이 지닌 정신적 과정을 모방하리라는 추측을 잠정적으로 표현하려 한다는 점에서 해당 이론이 허튼소리가 가창되는 공간에 참석했던 자들의 심리를 재구하는 방법이 될 수 있다. 가창내용이 창자나 청자, 그리고 기녀의 심리에 단순히 영향을 끼치는 데에 머무는 것이 아니라 다음 가창될 노래에까지 영향을 준다는 점에서 참석자들의 심리를 재구하는 일은 의미 있는 일이다. 이를 통해 가창공간에서 성性을 노골적으로 드러내려 했던 자와 이를 듣고 있던 자, 그리고 그들 사이에 있었던 기녀의 심리를 이해할 수 있는데, 예컨대 '성'이 진술될 때 쾌락의 효과를 누리는 자가 누구인지 또는 성에 대한 진술이 공격대상으로 삼고 있는 자가 누구인지 그리고 공격당하고 있는 자가 어떤 심리변화를 겪는지 등을 이해할 수 있을 것이다. 게다가 성리학적 예교를 학습한 자들이 생각하는 세련된 허튼소리 혹은 세련된 농담이 어떤 류의 시조인지 지적할 수 있을 것이다.

가창공간의 여러 정황

시조 가창공간의 정황을 종합적으로 보여주는 자료는 없지만 다음 노래에서 그 일단을 살필 수 있다.

손약정은 점심을 차리고 이풍헌은 술과 안주 장만하소
거문고 가야금 해금 비파 적 피리 장고 무고·악공을랑 우당장이 데려오소
글짓고 노래부르기와 기생 꽃보기는 내가 다 담당하리라

孫約正은 點心을 ᄎ리고 李風憲은 酒肴을 장만ᄒ소
거문고 伽倻琴嵇琴琵琶笛觱篥長鼓巫鼓工人으란

禹堂掌이 드려오시

　글짓고 노리부르기와 女妓花看으란 내 다 擔當ᄒ
옴ᄉᆡ

　약정約正, 풍헌風憲, 당장堂掌에 해당하는 사람들
이 술과 안주酒肴와 악공, 그리고 기생들과 같은 공간
에 있었다. 그들은 글짓거나 노래부르기 혹은 기생 꽃
보기를 하기도 했다. 물론 노래부르기에서 노래는 시조
이다. 노래부르기에는 여타의 시조 "남권농 조당장은
취하여 비틀거리며 장고 무고 둥다락궁 춤추는구나"
처럼 춤이 수반되기도 했다. 그리고 노래부르는 속도도
무게 있고 근엄한 쪽에서 멋과 흥 쪽으로 이동하였다.

　노래 같이 좋고 좋은 것을 벗님네야 알았던가
　봄철 꽃과 버드나무 여름 바람 가을 달 겨울 설경에
필운대 소격동 탕춘대와 한강 남과 북쪽에 있는 명승
지에 술과 안주 가득히 쌓였는데 좋은 벗 갖은 해금과
피리 아리따운 아무개 제일 명창들이 차례로 벌려 앉
아 엇거리 불러 낼 때 중대엽 삭대엽은 요순 우탕 문무
같고 후정화 락시조는 한당송 나라가 되어 있고 소용
편락은 전국시대 되어 있어 창칼 다루는 기술이 각각

기세를 뽐내 관현소리에 어리었다 공명도 부귀도 내 몰
라라

　남아의 호기를 나는 좋아하노라

　노릐ᄀᆞ치 조코 조흔 거슬 벗님ᄂᆡ야 아돗던가

　春花柳夏淸風과 秋月明冬雪景에 弼雲昭格蕩春臺
와 南北漢江絶勝處에 酒肴爛漫ᄒᆞᄃᆡ 조은 벗 가즌 奚
笛알리ᄭᅩᆫ 아모가이 第一名唱드리 ᄎᆞ례로 벌어안ᄌ
엇거리 불너 ᄂᆡ제 中大葉數大葉은 堯舜禹湯文武ᄭᅩᆺ고
後庭花樂時調ᄂᆞᆫ 漢唐宋이 되어잇고 騷聳이 編樂은
戰國이 되어이셔 刀創劍術이 各自騰揚ᄒᆞ야 管絃聲에
어릐엿다 功名과 富貴도 ᄂᆡ몰ᄂᆡ라

　男兒의 豪氣를 나ᄂᆞᆫ 됴ᄒᆞ노라

　가객歌客들의 노래 부르는 과정을 이해할 수 있는
자료이다. 가객들의 모임이지만 일반적인 시조 연행현
장과 유사하다. 술과 안주가 즐비했고(酒肴爛漫) 갖은
온갖 해금과 피리(가즌 奚笛), 그리고 노래 부르는 사람
들이 차례로 앉아 있는 모습이다(名唱드리 ᄎᆞ례로 벌어안
ᄌ). 게다가 노래부르는 것도 곡의 속도에 따른 순서가
있었는데, '옛 풍습에 높은 수준의 가곡을 즐기는 층

에서도 이삭대엽·삼삭대엽 등 무게 있고 근엄한 노래를 불러 나가다가 롱弄·락樂·편編으로 가면서 점차 멋과 흥으로 이동했다'는 게 그것이다(『시조음악론』). 물론 연행공간에 술과 안주가 있었다는 점에서 그것의 소비에 비례하여 '근엄한 노래'가 '멋과 흥'으로 진행되는 것은 자연스런 일이었다.

> 시조는 연행상황이나 창작향유의 환경에 따라 진지한 발화가 요청될 경우와 허튼소리가 요청될 경우 혹은 양쪽 모두가 요청될 경우가 있기 때문에 이러한 필요에 의해 이 두 부류가 함께 공존할 수 있었던 것이다.(김학성)

근엄한 노래는 진지한 발화이고, 멋과 흥은 허튼 소리인데 전자는 평시조이고 후자는 사설시조이다. 술과 안주酒肴가 소비되고 있는 가창공간에서 '노래부르기' 순서는 평시조(근엄한 노래:진지한 발화)→사설시조(멋과 흥:허튼소리)라 할 수 있다. 그리고 사설시조(허튼소리) 노랫말도 가창공간의 분위기에 따라 바뀌는데 이는 사설시조에 나타나는 애정형상을 통해 엿볼 수 있다.

조각달에 등불 희미한 삼경에 나간 임 생각해보니

　술집 기생집에 새 임을 걸어두고 방탕한 마음 이기지 못해 길가의 꽃을 보니 봄도 이미 늦었는데 주마 투계하며 아직 돌아오지 않는구나

　때때로 문에 나가 기다려도 소식 없으니 온종일 난간에 서서 빈 창자 끊어지네

月一片燈三更인졔 나간 님혜여보니

　酒肆靑樓에 싀 님을 거러두고 不勝蕩情ᄒ야 花間陌上에 春將晩이요 走馬鬪鷄猶未返이라

　三時出望無消息ᄒ니 盡日欄頭에 空斷腸ᄒ노라

개를 여남은 기르되 요 개 같이 얄미우랴

　미운 임 오면 꼬리를 회회 치며 올라 뛰고 내리 뛰고 반겨서 내닫고 고운 임 오면 뒷발을 바둥바둥 물러섰다가 나아갔다가 캉캉 짖는 요 머리 흔드는 암캐

　쉰밥이 그릇그릇 넘쳐도 너 먹일 줄 있으랴

ᄀ리를 여라믄이나 기르되 요 ᄀ짓치 얄믜오랴

　믜온님 오게 되면 소리를 회회 치며 치쒸락 나리쒸락 반겨서 ᄂ닷고 고온님 오게 되면 뒷방을 바둥바둥

무로락 나오락 캉캉 즛는 요 도리암키

　쉰 밥이 그릇그릇 날진들 너 먹일 줄이 이시랴

　간밤에 자고 간 그놈 아마도 못 잊어라

　와야놈의 아들인지 진흙을 뿜내듯이 사공놈의 아들

인지 상앗대로 찌르듯이 두더지 자식인지 곳곳을 뒤지

듯이 평생 처음이요 흉중 야릇해라

　전후에 나도 무던히 겪었지만 참 맹세하지 간밤 그놈

은 차마 못 잊어 하노라

　간밤의 자고 간 그놈 아마도 못 이겨라

　瓦冶ㅅ 놈의 아들인지 즌흙에 쏨닉드시 沙工놈의 명

녕인지 沙於씩로 지르드시 두지쥐 녕식인지 곳곳지 두

지드시 平生에 처음이오 흉중이도 야롯지라

　前後에 나도 무던이 겪거시되 춤 盟誓ㅎ지 간밤 그

놈은 춤아 못니저 ㅎ노라

　「조각달에 등불 희미한月一片燈~」은 돌아오지 않는

임에 대한 그리움을 담고 있는 노래이다. 하루 종일盡日

난간에서 임의 소식을 기다렸지만 이것은 화자 개인의

애간장斷腸 끊는 일에 불과할 뿐, 임은 도박에 빠져 돌아올 줄 모르고 있다. 임을 기다리고 있는 화자의 심사를 한자 어구를 위주로 적절히 표현하고 있는 노래이다.

「개를 여나믄 기르되~」는 일상에서 쉽게 발견할 수 있는 '개'를 통해 화자의 처지를 재미있게 표현하고 있다. 고운 임에게 캉캉 짖어대는 개는 미운 임에게 꼬리를 회회 치는 얄미운 대상이기에 화자는 쉰밥이 그릇그릇 넘쳐도 주지 않겠다고 한다. 가집歌集에 따라 '문 밖에 개장사 지나가면 찬찬 동여매 주리라'로 나타날 정도로 화자의 마음을 몰라주는 개에 대한 미움을 발견할 수 있는 노래이다.

「간밤의 자고 간 그놈~」은 앞의 두 경우보다 욕구 표현이 구체적이다. 전후에 화자도 무던히 겪었지만 간밤 그놈은 차마 못 잊을 정도로 침이 마르도록 칭찬을 해도 부족하다. 뽐내듯이 찌르듯이 뒤지듯이라는 구체적 표현을 통해 지난밤 화자가 겪은 정사情事가 얼마나 '흉중에도 야롯'했는지 짐작할 수 있다. 초장과 종장에서 거듭되고 있는 '못잊어'라는 표현대로 화자는 지금도 지난밤의 일에서 완전히 깨어나 있지 못한 상태다.

사설시조에 나타난 애정형상 양상을 '1.관습적 수사에 의한 애정형상의 제시' '2.시어의 확대와 애정형상의 구체적 진술' '3.직설적 묘사로 인한 본원적 욕구의 표출'로 나눌 때(김용찬) 애정양상이 드러나는 순서는 주효의 소비를 감안해 대체로 1.→2.→3.이라 할 수 있다. 1.은 근엄한 노래(진지한 발화)에서 완전히 벗어나 있지 못해서 한자어구가 자주 등장하는 경우이고, 2.는 일상사 주변에서 쉽게 발견할 수 있는 물건 등이 등장하거나 평시조에서 좀처럼 발견할 수 없는 애정형상이 드러나는 경우이다. 그리고 3.은 주로 성을 노골적으로 드러내는 경우이다. 결국 주효의 소비에 따라 사설시조의 노랫말은 점잖은 것에서 노골적인 쪽으로 바뀌게 마련이다. 그리고 가창공간에 참석한 자들의 성향이나 그곳의 분위기에 따라 노골적인 노랫말이 기생 꽃보기女妓花看이라는 퇴폐적 행위에까지 연계되기도 했다.

가창공간의 여러 정황을 감안해 보았다. 가창공간에 주도적으로 참석한 사람들, 주효, 악기, 기녀, 그리고 가창분위기에 걸맞게 노래의 속도가 빨라지거나 노랫말이 진지한 데에서 허튼 쪽으로 이동한다는 것을 지적할 수 있었다. 특히 애정과 관련한 허튼소리의 경우 점잖은 허튼소리가 노골적 허튼소리 쪽으로 이동한다는 점에서 허튼소리 곧 농담이론에 기대 논의를 좀 더 진전시킬 필요가 있다.

프로이트의 농담이론과 사설시조

프로이트는 농담을 다음과 같이 네 단계로 나누었다.

놀이 - 익살 - 악의 없는 농담 - 경향성의 농담

농담의 첫 단계인 놀이는 어린아이가 언어를 사용하고 생각을 정리하는 것을 배우는 과정에서 나타나는데, 유사한 것의 반복, 잘 알고 있는 것의 재발견, 같은 소리 등에서 비롯되는 쾌락효과를 느낄 수 있게 한다. 그리고 익살은 장난의 본질인 단어와 생각의 연쇄를 시도하되, 그 안에 의미를 짜넣는 것인데 프로이트는 그 예를 네 아들의 직업에 대해, 두 명은 치료하고heilen, 두 명은 웁니다heulen(두 명의 의사와 두 명의 가수)라고 대답하는 로키탄스키 박사에게서 찾았다. 익살은 하일렌heilen(고치다)과 호일렌heulen(소리치다)처럼 두 단어에서 나는 같은 소리의 일원화에서 출발한 것이다. 이는 놀이의 단계를 넘어선 것으로 다음과 같은 사설시조에서 확인할 수 있다.

여러분들 게젓 사오 저 장사야 네 황아 그 무엇이라

외치느냐 사자

　바깥은 뼈 안은 살 두 눈은 위에 붙어 하늘을 향한
것이 앞으로 가고 뒤로 가는 작은 다리 여덟 큰 다리
둘 맑은 간장 속에서 아사삭 소리 내는 게젓 사오

　장사야 매우 거북하게 외치지 말고 게젓이라 하렴

　됫들에 동난지이 사오 져 쟝스야 네 황후 긔 무서시
라 웨는다 사쟈

　外骨內肉兩目이 上天前行後行小아리 八足大아리
二足靑醬♀스슥ᄒᄂᆞᆫ 동난지 사오

　쟝스야 하 거복이 웨지말고 게젓이라 ᄒ렴은

　병풍에 앞니 자끈동 부러진 고양이 그리고 그 고양
이 앞에 조그만 생쥐를 그렸으니

　애고 요 고양이 약삭빠른 척하여 그림의 쥐를 물려
고 쫓는구나

　우리도 새임 걸어두고 쫓아볼까 하노라

　屛風에 암니 ᄌ근동 부러진 괴 그리고 그 괴 압희 됴
고만 麝香쥐를 그려시니

　이고 요괴 슷부론양ᄒ야 그림에 쥐를 믈냐고 존니ᄂ

고나

　　우리도 식님 거러두고 존니러 볼가 ᄒᆞ노라

　장사꾼이 동난지(방게를 간장에 담근 젓)를 유식한 표
현을 동원해 가며 팔려하지만 종장에서 여인이 등장하
여 단순히 게젓이라 하라고 한다. 그래서 이 노래를 처
지에 어울리지 않게 유식한 문구를 장황하게 늘어놓
은 장사꾼의 허위의식을 풍자한 것으로 볼 수 있었다.
한편 게젓 장사꾼이 굳이 장황한 표현을 한 이유를 달
리 해석한 논자도 있었다. 그의 논의에 따르면 게젓의
첫 음절 모음을 'ㅔ'에서 'ㅐ'로, 둘째 음절 모음을 'ㅓ'에
서 'ㅗ'로 바꾸면 말놀이의 정체가 드러난다는 것이다.
경우에 따라 'ㅔ'를 'ㅐ'로 그리고 'ㅓ'를 'ㅗ'로 발음할 수
있기에 「여러분들 게젓 사오~」에서 게젓은 음상사音相
似나 와음訛音에 의한 골계적 장난이며, 방게의 모습을
'바깥은 뼈 안은 살 두 눈은 위에 붙어~'처럼 장황하게
표현한 것도 희극적 반전을 노린 장치라는 것이다.

　앞니 부러진 고양이가 조그만 생쥐를 잡으려고 쫓
는 모습을 그린 병풍이 있다. 그리고 병풍 밖에 있는 고
양이가 약삭빠른 척하며 병풍 안의 쥐를 물려고 쫓아
다닌다. 이어 화자도 병풍에 새로운 임을 걸어두고 병

풍 밖의 고양이처럼 쫓아다니고 싶다 한다. 「병풍에 앞니~」에서 새 임이 화자가 평소에 만나고 싶었던 임인지 아니면 최근에 새로 만났던 임인지 불분명하지만 어쨌건 화자는 그림에 있는 새임을 쫓아다니(존너러 볼가 ㅎ)고 싶을 뿐이다.

위의 두 노래는 농담의 단계에서 익살에 해당한다. 익살이 두 단어에서 나는 같은 소리의 일원화를 통해 드러난다고 하는데, 게젓과 존너러가 그것이다. 게젓이 음상사音相似에 기댄 골계적 장난인 것처럼 '존너러'도 마찬가지이다. 고양이(괴)가 그림에 있는 쥐를 물려고(믈 냐고) 쫓는(존니는) 모습에서 '존니는'은 단어 그대로 '쫓다'의 의미이다. 고양이가 꾀가 많은(숏부론) 척하며 그림 속의 생쥐를 쫓는 모습에서 누구건 웃을 수밖에 없다. 그러나 종장에서 화자가 새 님(싀님)의 모습이 있는 그림을 걸어두고(거러두고) 쫓겠다(존너러 볼가)는 것은 중장의 경우와 달리 자연스럽지 못하다. '고양이가 생쥐를 쫓다'와 '화자가 새님을 걸어놓고 쫓다'에서 고양이가 쫓는 대상이 구체적으로 생쥐인 반면 종장에서 화자가 쫓는 대상은 그저 '새임'으로 나타난다. 초장·중장이 웃음을 자아내는 진술이듯 종장도 이에 해당한다면 종장은 다른 접근이 필요하다. 종장을 중장처럼 구체적인 진술로 만들려면 '존니러'를 '존'과 '니러'로 나누어야 하는데 이 경우 '존 니러'는 '쫓다'의 의미가 아니다. 가집歌集에 따라 '존'이 2개, '죤'이 1개, '좃'이 12개, '죳'이 4개, '조'가 1개, '노'가 1개로 표기돼 있다는 점에서 '존 니러'를 '쫓다'의 의미 이외에 '다른 단어에서 나는 소리의 일원화'로 이해할 수 있다. 이를 구체적으로 말하면 '존'에서 'ㄴ' 받침이 'ㅈ'으로 대체되고 '니러'는 '일다' 혹은 '일어나다起'이기에 결국 종장은 '새임' 그림을 걸어 놓고 '존'을 '니러'보겠다는 의미를 띤 '익살'이다.

농담의 단계에서 악의 없는 농담은 겉으로 보기에 순수한 표현이지만, 거기에 실체나 가치가 있는 생각을 바꾸어 넣을 수 있는 경우를 말한다.

어흠 그 누구신지 건너 불당에 동냥중이 내 일러니

홀거사 내 홀로 자시는 방안에 무슨 것 하러 와 계신가

홀거사 내 노감토 벗어 거는 겻에 내 고깔 벗어 걸러 왔노라

어흠아 긔 뉘옵신고 건너 佛堂에 動鈴僧이 내올너니

홀居士내 홀노 ㅈ시ᄂ 방안에 무스것ᄒ랴 와 겨오
신거

홀居士내 노 감토 버셔 거ᄂ 말겻틔 내 곡갈 버셔 걸
너 왓노라

창 밧기 어른어른 하니 소승입니다

어제 저녁의 동냥하러 왔던 중이니 각씨님 자는 방
족두리 벗어 거ᄂ 말겻에 이 내 송락을 걸고 가자고
왔소

저 중아 걸기ᄂ 걸고 갈지라도 뒷말이나 없게 하여라

窓밧기 어른어른 ᄒᄂ니 小僧이 올소이다

어제 저녁의 動鈴ᄒ랴 왓든 듕이 올ᄂ니 閣氏님 ㅈ
ᄂ 房독도리 버셔 거ᄂ 말 그틔 이ᄂ 쇼리 숑락을 걸고
가자왓소

져 듕아 걸기ᄂ 걸고 갈지라도 後ㅅ말이나 업게 ᄒ여라

동냥승이 홀거사가 홀로 주무시는 방에 찾아 왔다.
동냥승이라는 전문 신앙인과 홀거사(남자 신도)가 만나
는 것은 그들이 동일한 신앙을 공유한다는 점에서 장
애될 게 없다. 어찌 보면 동냥승의 방문은 신앙과 관련

된 대화를 목적으로 했던 것으로 보이기에 방안에 들어서서 고깔을 벗는 게 당연하기도 하다. 하지만 걸다掛라는 행위와 관련된 승려가 시조에서 대부분 파계승으로 나타나기에 첫째 노래는 다른 이해가 필요하다. 시조에서 걸다는 단순히 '걸다掛'의 의미이기보다 다리를 걸고 성행위를 하는 일로 연계된다. 이는 둘째에서도 그대로 재현된다. 동냥승이 '내 송락을 걸(송락을 걸)'었던 것은 뒷말(後ㅅ말)이 날 정도의 행위가 동반되는 일이다. 결국 첫째 노래는 겉으로 보기에 순수하지만 거기에 실체나 가치가 있는 생각을 바꾸어 넣을 수 있는 '악의 없는 농담'이기에 쾌락의 효과가 대부분 온건하면서 주로 뚜렷한 만족감, 가벼운 미소를 청취자들에게서 얻어낼 수 있도록 기능하던 노래에 해당한다.

농담의 마지막 단계인 경향성을 지닌 농담은 공격이나 풍자, 방어를 위한, 적의 있는 농담이거나 노출을 위한 외설적인 농담으로 나눌 수 있는데 시조의 가창공간이 태생적으로 주연석酒宴席이나 풍류장風流場이 대부분이었던 만큼 공격이나 풍자보다는 노출을 위한 외설과 관련한 농담이 가창공간과 더 친연하다. 무엇보다 술과 안주酒肴가 소비되는 공간에서 평시조(근엄한 노래: 진지한 발화)→사설시조(멋과 흥:허튼소리)의 순서에 따라

'노래부르기'를 할 때, 사설시조는 공격이나 풍자보다 허튼소리로 온전히 기능할 수 있는 노출을 위한 외설적인 내용과 가까울 수밖에 없다. 결국 노출을 위한 외설과 관련한 농담이 사설시조의 가창공간과 밀접한데 이는 「만횡청류 서序」에 노랫말이 음탕하고 뜻과 지취가 보잘 것 없어 족히 본받을 만하지 못하다고 나타나는 것과 다름 아니다. 그리고 노랫말이 음탕하고 뜻과 지취가 보잘 것 없는 것은 곧 음담패설로 이는 분위기의 흥을 돋우는 데 결코 빠지지 않는 행위이기도 하다.

들입다 바득 안으니 가는 허리 자늑자늑

붉은 치마 걷어 올리니 눈 같은 살결 풍만하고 다리 들어 올리니 반쯤 핀 붉은 모란이 봄바람에 활짝 피었구나

나아가기 물러나기 반복하니 숲 우거진 산속에 물방아 찧는 소리인가 하노라

드립더 ᄇ드득 안으니 셰 허리지 ᄌ늑ᄌ늑

紅裳을 거두치니 雪膚之豊肥ᄒ고 擧脚ᄒ 紅牧丹이 發郁於春風이로다

進進코又退退ᄒ니 茂林山中에 水春聲인가 ᄒ노라

기녀의 자늑자늑한 가는 허리(細:셰 허리)를 힘주어 안고 붉은 치마를 풀어내자 흰 눈白雪 같은 속살이 풍만하게 드러난다. 이윽고 다리를 들어 올리자 붉은 모란이 눈에 띈다. 모란꽃 냄새가 봄바람을 타고 진동한다. 마침내 물방아 찧는 소리水春聲로 비유된 단계로 접어든다. 위에서 화자는 수용성水春聲을 실제로 재연하고 있는 게 아니라 단지 가창공간의 분위기를 돋우기 위해 노랫말이 음탕하고 뜻과 지취가 보잘 것 없는 음담패설을 진술한 것이다. 그리고 이러한 진술은 갑자기 차단되는 게 아니라 가창공간에 참석해 있던 다른 자들에 의해 계속된다. 무엇보다 농담이론에서 지적하듯이, 쾌락의 효과를 누리는 사람은 농담을 하는 사람이 아니라 아무것도 하지 않는 청중들이며 그들도 언어유희나 허튼소리를 내뱉는 데서 나오는 농담의 쾌락을 비판에 의해 사라지지 않도록 보호하려 하기 때문이다.

가창공간에 허튼소리를 하는 자歌唱者와 그것을 듣는 자聽者, 그리고 그 사이에 있는 자妓女가 있다 할 때, 이는 경향적 농담이 일반적으로 세 사람을 필요로 하는 것과 동일하다. 가창공간에서 농담을 하는 사람 외에도 적대적이고 성적인 공격의 대상이 되는 사람, 그리고 쾌락의 생성이라는 농담의 목적을 충족시키는 제삼자라는 지적이 그것인데 농담을 하는 자는 가창자이고 성적인 공격의 대상이 되는 사람은 기녀, 그리고 농담의 목적을 충족시키는 사람은 청자들이다. 그래서 허튼소리가 가창자의 쾌락보다 그것을 듣고 있는 여러 청자들에게 더 큰 영향을 미쳐 가창공간의 분위기를 고조시키는 것이다. 실제로 외설적 언행을 숨김없이 표현함으로써 당사자는 만족을 얻게 되고, 제삼자는 웃게 된다는 농담이론도 이와 무관하지 않다. 그리고 외설적 내용을 가창하는 창자와 그것을 통해 쾌락을 충족시키고 있는 청자들 사이에 성적인 공격의 대상이 되는 기녀가 있는데 그녀는 음담패설을 들음으로써 음담패설을 하는 사람의 흥분을 깨닫게 되어 스스로도 성적으로 흥분된다고 한다. 물론 가창공간에서 음담패설을 늘 경험했던 기녀의 경우 실제로 성적으로 흥분되지 않았다 하더라도 그녀는 주연석酒宴席에서 온전히 기능하기 위해 창자와 청자가 예상하고 있는 모습을 취해야 한다. 가창공간에서 '글짓고 노래부르기'와 참석자나 분위기에 따라 '기생 꽃보기女妓花看'가 행해졌는데 이 중 '여기화간'이 마지막에 자리 잡고 있는 것도 이와 같은 사정과 밀접하다.

어디 보자 먼저 겉치마를 끄르고 있으면…또 단속옷
끄르고 홑속옷만 입고 앉았으면…속옷끈을 풀고 있으
면 이년아 두 손 떼어라 하면 입으로 속옷 허리를 입에
물고 두 손을 떼고 섰으면 그제야 손님이 속옷 문 것을
팩 재치면 잠깐 거기가 보이면서 주저앉나니

어듸 보자. 먼저는 것치마를 쓰르고 잇으면…또 단
속것 쓰르고 홋속것만 입고 안젓스면…속것쓴을 풀고
이스면 이년아 두 손 쎄여라 하면 입으로 속것 허리를
입에 물고 두 손을 쎄고 섯스면 그제야 손이 속것 문
것을 팩 재치면 잠간 거긔가 뵈이면서 주저안나니(「외입
장이 격식」)

손님이 기녀의 속옷끈을 확 당겨 '거기花'를 잠깐 보
는 여기화간을 하는 모습이다. 무엇보다 음담패설은 그
것이 겨냥하는 이성을 발가벗기는 것과 거의 같고 그것
은 외설적인 말을 통해 공격받는 사람에게 해당 신체부
위나 행위를 생각하도록 강요하면서, 공격자 자신도 그
것을 생각하고 있음을 보여주기에 이것이 음담패설의
원초적 동기라는 것은 의심의 여지가 없다고 한다. 그래
서 여기화간에 이르기 이전 단계에서 가창자와 그것을

듣는 청자, 그리고 그들 사이에 껴 있는 기녀가 허튼소리를 진술할 때 그곳에 참석해 있던 자들의 심리를 재구할 수 있는 것이다.

그러나 노출을 위한 외설과 밀접한 관계에 있는 경향적 농담이 악의 없는 농담이 갖지 못하는 쾌락의 원천을 가지고 있음에 틀림없다 하여 성性을 노골적으로 드러내는 것일수록 좋은 음담패설이 되는 것은 아니다. 주효가 구비돼 있는 주연석酒宴席에서 성이 노골적으로 드러나는 상황을 경험했던 자라 하더라도 노랫말이 음탕하고 뜻과 지취가 보잘 것 없어 족히 본받을 만하지 못하다(『청구영언 서序』)는 만횡청류에 대한 평가에 동의할 만큼 그들도 인간의 기본욕구를 억제하는 성리학적 사유를 지녔기 때문이다. 하지만 그들이 음탕한 것을 즐기려는 원초적인 향유의 가능성이 문화의 억압작용 때문에 우리 내부의 검열Zensur에 의해 배척 및 상실되지만 결국 상실된 것을 다시 획득하는데, 이는 인간의 심성에서 전면적인 포기란 아주 어려운 것으로 성리학적 사유를 지닌 자들에게도 예외는 아니다. 그래서 문화의 억압작용 곧 성리학적 예교에 영향을 받은 사람들의 집단에서는 농담의 형식적 조건이 요구되었다. 예컨대 듣는 사람은 느슨하게 연관되어 있는 것들을 자신

의 표상 속에서 완전하고도 직접적인 음담패설로 재구
성해내고 음담패설로 직접 표현되는 것과 듣는 사람에
게서 그로 인해 자극되는 것 사이의 불균형 관계가 커
질수록 농담이 더욱 세련된다는 프로이트의 지적이 그
것이다.

> 물 아래 그림자 지니 다리 위에 중이 간다
> 저 중아 게 섰거라 너 가는 데 물어보자
> 손으로 흰 구름 가리키고 말 아니하고 간다

> 물아레 그림자 지니 ᄃ리 우희 즁이 간다
> 져 즁아 게 서거라 너 가ᄂᆞᆫ디 무러보쟈
> 손으로 흰구룸 ᄀᆞ르치고 말 아니코 간다

　허튼소리가 진술되는 공간에서 쾌락의 효과를 누리
는 사람은 농담을 하는 사람이 아니라 아무것도 하지
않는 청중이며 그들도 언어유희나 허튼소리를 내뱉는
데서 나오는 농담의 쾌락을 비판에 의해 사라지지 않도
록 보호해야만 한다. 이런 사정을 고려하지 않은 채 난
데없이 가창공간의 분위기와 거리가 있는 위의 노래를
가창하는 것은 참석자들에게 질시를 받아 마땅하다.

손으로 흰 구름 가리키고 말 아니하고 가는 중은 선禪의 경지에 도달한 듯한 인물로 가창 분위기와 무관하기에 그 심각성은 크다.

그러나 가창공간에 참석한 자들이 '중'을 소재로 삼는 경우, 고깔 벗어 걸거나, 혹은 중놈은 승년의 머리털 칭칭 휘감아 쥐고 짝짝궁이 쳤던 파계승이었다는 것을 잘 알고 있었다면 위의 노래는 세련된 농담 혹은 세련된 허튼소리에 해당한다. 물론 가창공간에 있던 모든 참석자들이 다리 위를 지나는 중이 어디 가서 무엇을 할 것인지 잘 알고 있는 경우, 뻔히 알면서 묻는 것도 허튼소리에 해당하지만 중이 능청스럽게 대응하는 모습 또한 마찬가지이다. 중이 어디 가서 무엇을 할지 창자나 청자 모두 잘 알고 있지만 다리 위의 중만 혼자 그것을 알아차리지 못한 채 전문 신앙인인양 손으로 흰 구름 가리키고 가는 꼴인 셈이다. 이는 희극적인 사람은 자각하지 못하는 사이에 희극적으로 드러난다는데 즉 자기 자신은 스스로 보지 못하면서 다른 모든 사람들에게 보이는 존재가 되는 것(앙리베르그송)과 동일한 경우이다.

프로이트의 농담이론을 통해 사설시조의 가창공간에 있던 자들의 심리를 재구해 보았다. 가창공간에서 노래를 부르는 자(창자)와 그것을 듣는 자(청자), 그리고 그들 사이에 있던 자妓의 심리 변화를 재구하는 일은 그곳에서 가창된 시조를 이해하는 한 방법이기도 하다. 술과 안주가 소비되고 있는 공간에서 가창되는 노랫말은 점차 성性을 노골적으로 드러내는 쪽으로 이동하기 마련인데 이는 농담이론의 익살-악의 없는 농담-경향성의 농담 경우와 유사하다. 경향성의 농담의 경우 노출을 위한 외설적인 농담으로 곧 음담패설을 가리킨다. 그리고 이는 분위기의 흥을 돋우는 데 결코 빠지지 않는 행위로 시조의 가창공간에서 성이 노골적으로 드러난 이유와 밀접하기도 하다. 그렇다고 해서 노골적인 내용을 담고 있는 시조가 좋은 음담패설에 해당하는 것은 아니라 세련된 농담이 되기 위해서는 농담의 형식적 조건이 첨가돼야 한다.

하지만 문제는 여전히 남아있다. 농담을 네 단계로 나누어 각각에 해당하는 시조를 적용시켰지만 익살과 악의 없는 농담이 교직되는 시조가 있을 수 있고 혹은 악의 없는 농담이 경향성의 농담과 교직될 수 있는 가능성은 얼마든지 있다. 그런 부분에 대해서는 구체적인 작품분석을 통해 보완해야 할 것이다. 다만 이 글은 농담이론이 사설시조에 대한 논의를 풍성케 하는 계기일 수 있다는 데에 의의를 두고 싶다.

고약한 질병을 앓기도 하고
기괴한 자세로 죽기도 하네

만횡청류는 가창공간에 참석한 자들을 공격하는 내용이기보다 술과 안주가 구비돼 있는 가창공간에서 그곳의 분위기를 돋우는 노랫말이어야 했다. 행여 누군가를 우회적으로 공격하는 노랫말이 진술되더라도 그것은 온전한 의미로서의 풍자가 아니기에 그렇다. 흔히 풍자가 되려면 약자가 강자를 신랄하게 측면 공격하는 비판정신이 기반이 되어야 하는데 사설시조에서 그런 풍자적 작품을 찾아보기 어렵다거나 국가의 권위에 대한 비판은 거의 볼 수가 없다는 지적이 이를 반영하고 있다(김학성). 무엇보다 창자는 자신의 진술을 통해 공간의 분위기를 고조시키려 하며 청자들 또한 창자의 노력만큼 공간의 분위기가 지속되는 데에 관심을 둔다는 점에 주목해야 한다. 분위기를 돋우는 일이 만횡청류의 가창과 관계한다 할 때 노랫말에서 희극성을 찾아내는 일은 가창공간의 정황상 자연스런 일이다.

유쾌한 기분은 억제하는 힘들을 줄이고, 억압이 무겁게 짓누르고 있던 쾌락의 원천에 다시 접근할 수 있게 한다. 분위기가 고양되면 농담에 대한 요구가 사그라든다는 것은 우리에게 많은 것을 시사한다. 다른 때에는 억압됐던 쾌락이 가능한 분위기를 만들기 위해 농담이 노력하는 것처럼, 분위기는 농담을 대체한다.⋯ 성인들은 술의 영향으로 다시 논리적 강요를 준수하지 않고 자신의 사고과정의 흐름을 자유롭게 처리함으로써 즐거움을 제공받는 어린아이가 된다.(『농담과 무의식의 관계』)

〈맥주 파티에서 전해지는 우스갯소리들〉에 대한 설명이다. 파티에 참석한 자들의 억압된 마음을 이완시켜 유쾌한 기분으로 전환시킬 수 있었던 계기는 '음주'이다. 쾌락을 향해 분위기가 이동하는 과정에서 농담이 일정한 역할을 하는데 이때 참석자들은 그것의 논리에 의해 즐거움을 얻는 것이 아니다. 즉 맥주 파티에 참석한 자들의 '농담으로서의 성격이 사고내용에 있지 않고 형식이나 그것이 표현된 언어에서 농담의 성격을 찾아야 한다'는 것이다.

만횡청류가 '뜻과 지취가 보잘 것 없'지만 '입으로

외우고 마음으로 즐거워'하는 기능을 했기에 노랫말의
형식적 지표를 사설의 확장과 잉여, 시어의 반복, 구조
의 반전에서 찾기도 하는데, 이 또한 '맥주 파티'에서
진술된 우스갯소리들을 이해하는 방식과 유사하다. 노
랫말에 나타나는 불필요한 확장 및 유사, 반복은 희극
적 요소를 확보하는 중요한 장치에 해당한다.

제발 당신 딸 막덕이 데려가쇼

재 넘어 막덕이 엄마네 막덕이 자랑 마소

내 품에 들어와서 돌개잠 자다가 이를 갈고 코 골고
오줌 싸고 방귀 뀌니 맹세컨대 모진 냄새 맡기 아주 지
긋지긋 하다오 어서 데려가거라 막덕 엄마

막덕 어미년 내달아 변명하여 말하되 우리 아기 딸
이 임질병 배앓이와 이따금 여러 병증 밖에 여남은 잡
병은 어려서부터 없나니

재너머莫德의어마네莫德이쟈랑마라

내품에드러셔돌곗줌자다가니글고코고오고오좀스고

放氣쥐니盟誓개지모진내맛기하즈즐ᄒ다어셔ᄃ려너거

라莫德의어마

　莫德의어미년내ᄃ라發明ᄒ야니르되우리의아기쓸이
고림病비아리와잇다감제病밧긔녀나믄雜病은어려셔브
터업ᄂ니

　전반부에 사위, 후반부에 장모에 해당하는 두 명의
화자가 등장한다. 노랫말을 통해 그들 사이에 벌어졌던
일을 재구할 수 있다. 전반부 화자는 막덕 엄마의 말을
믿고 사위가 됐다. 그러나 잠(돌겟줌) 자다가 이를 갈고
(니ᄀᆞᆯ고) 코를 골고(코고오고) 오줌을 싸고(오좀ᄉ고) 방귀
를 뀌(放氣쀠)는 막덕이는 장모의 말과는 아주 딴판이
었다. 화자는 막덕 엄마에게 모진 냄새 맡기가 몹시 지
긋지긋 하다(모진내맛기하즐)며 어서 데려가라고 한다.
막덕이와 함께 사는 일이 얼마나 혐오스러웠는지 화자
는 맹세하지(盟誓개지)라는 표현을 서슴지 않는다. 하지
만 막덕이에 대한 자랑이 거짓으로 드러난 상태에서 장
모의 말發明은 이채롭다. 임질(고림病), 배앓이(비아리),
그리고 가끔 나타나는 여러 가지 병증(잇다감제病)을 제
외하고(밧긔)는 일체 잡병이 어려서부터 없었다고 하는
장모의 진술은 자기 딸의 결함을 감추는 게 아니라 더
욱 폭로하는 꼴이다. 막덕 엄마가 내달아 변명하여 이

르는 말에 관심을 두고 있던 가창공간의 참석자들은 그들의 예상이 일시에 무너지는 경험을 하게 된다. 게다가 엄마의 진술이 막덕이에게 더욱 불리하다는 것을 그녀의 엄마만 모르고 있다는 점에서 희극적은 분위기는 더욱 고조되기 마련이다. 물론 막덕이가 잠자리에서 낼 수 있는 소리들, 예컨대 이를 갈고 코를 골고 오줌을 싸고 방귀를 뀌었다는 진술은 잉여와 반복에 해당한다. '잠버릇 험한 여자 데려가라' 하면 그만일 텐데 '~고'를 통해 불필요하게 나열한 것은 희극적인 효과를 얻기 위한 장치인 셈이다. 결국 위의 노래에서 만횡청류의 희극적인 부분을 두루 확인할 수 있다.

한쪽 가랑이 치켜들고 자빠져 죽었다고 전해주게

이제는 못 보게도 하여 못볼 것이 적실하다

만 리 가는 길에 파도 쉬지 않고 은하수 건너뛰어 북해 가려지고 풍토 험한데 심의산 갈가마귀 태백산 기슭으로 골각골각 울면서 차돌도 전혀 못 얻어먹고 굶어 죽는 땅에 내 어디 가서 임 찾아보리

아이야 임이 오시거든 굶어죽었단 말 꿈에라도 하지

말고 살뜰히 그리다가 어질병 얻어가지고 뼈만 남아 담
장 밑으로 아장바장 거닐다가 소변보신 후에 이마 위에
손을 얹고 한 가랑이 추켜들고 자빠져 죽었다 하여라

　이졔ᄂᆞᆫ못보게도ᄒᆞ얘못볼시ᄂᆞᆫ的實커다
　萬里가ᄂᆞᆫ길혜海口絶息ᄒᆞ고銀河水건너ᄳᅱ여北海ᄀᆞ리
지고風土ㅣ切甚ᄒᆞ듸深意山굴가마귀太白山기슭으로골
각골각우닐며ᄎᆞ돌도바히못어더먹고굶어죽ᄂᆞᆫ싸희내어
듸가셔님ᄎᆞᆺ자보리
　아히야님이오셔든주려죽단말싱심도말고ᄲᅡᆯ쌀이그리
다거어즐病어더서갓고새만나마달바조밋트로아장밧삭
건니다가쟈근쇼마보신後에니마우희손을언쵸ᄒᆞᆫ가레추
혀들고쟛바져죽다ᄒᆞ여라

　화자가 임을 만날 가능성은 거의 없다. 임을 찾아
나서더라도 여건이 예사롭지 않다. 임을 찾아가는 만
리 가는 길은 파도 쉬지 않고 일고 있는 海口絶息 은하
수를 건널 정도의 험악하고 기나긴 여정이다. 그리고 북
해北海 가로막는 상황을 넘어 어떤 곳에 간다한들 그
공간의 풍토 또한 화자가 전혀 기댈 수 없는 매서운 상
황이다(風土ㅣ切甚). 그곳은 갈마귀가 골각골각 울다가

굶어죽은 척박한 땅(싸)이다. 어쨌건 화자가 임을 찾아 어디 가더라도 그곳은 임의 소재를 알려줄 만한 여건이 갖추어진 공간이 아니다. 임을 못 만나는 것은 화자가 언급한 대로 적실的實(확실)하기만 하다.

하지만 아이에게 건넨 화자의 말이 이채롭다. 굶주려 죽었다는 말 대신 죽기는 죽되 죽음의 직접적인 원인으로 제시한 내용이 작은 소변(쟈근쇼마)을 본 후(보신後) 이마에 손을 얹고(니마우희손을언고) 한 쪽 가랑이 치켜들고(흔가레추혀들고) 자빠져 죽었(쟛바져죽다)다는 것이다. 임을 살뜰히 그리워하다(쌀쌀이그리다)가 병을 얻어(病어더) 가죽과 뼈만 남아(갓고쎄만나마) 결국 죽었다 하면 될 터인데, 소변을 본 후에 이마에 손을 얹고 한 가랑이를 치켜들고 자빠져 죽었다고 전하라는 진술은 초장·중장에서 만 리 가는 길을 헤쳐 가면서까지 임을 만나려했던 화자의 비장한 의지와 배치되는 듯하다. 죽음의 직접적인 계기뿐 아니라 죽어있는 모습을 연상하면 가히 희극적이다. 자빠지긴 했으되 이마에 손은 얹은 상태 그리고 한쪽 다리가 하늘 쪽을 향하건 가랑이가 직각을 이루건 그것이 일반적인 모습이 아니기에 가창공간에 참석한 자들 모두 웃음을 짓기 마련이다. 소변을 보자마자 자빠져 죽은 자가 여성일 경우, 복장의 특성상 희극적인 것은 더욱 배가된다. 특히 갈가마귀의 죽음을 예견하는 울음소리 골각골각과 임에 대한 그리움의 정도를 나타내는 살뜰히(빨빨이). 그리고 어질병을 얻어 가죽과 뼈만 남은 자가 아장바장 거닐었다거나 결국에는 '한 가랑이 추켜들고 자빠져 죽었다'고 진술한 것들은 모두 농담으로서의 성격이 사고내용에 있지 않고 형식이나 그것이 표현된 언어에서 농담의 성격을 찾아야 한다는 지적(프로이트)과 무관하지 않다. 이 또한 시조의 가창공간이 주연석酒宴席이나 풍류장風流場이었던 것과 밀접한 관련이 있다.

「이제는 못 보게도~」의 노랫말은 이후의 가집에서 다른 양상으로 나타난다. 『청구영언(진본)』에 수록된 위의 노래가 '자빠져 죽었다 하여라'로 끝나는 반면에 '죽어 귀신이 되어 임의 몸에 감기겠다(『청구영언(육당본)』, 『흥비부』)'거나 '죽되 그것은 죽음이 아니라 장생불사의 계기일 뿐이다(『병와가곡집』)'으로 나타나는 것처럼 노랫말의 길이와 의미가 바뀌고 있다. 사설이 불필요하게 확장 전개된 셈인데 이는 가창공간에서 희극성을 확보하기 위한 일련의 방편이었던 것이다.

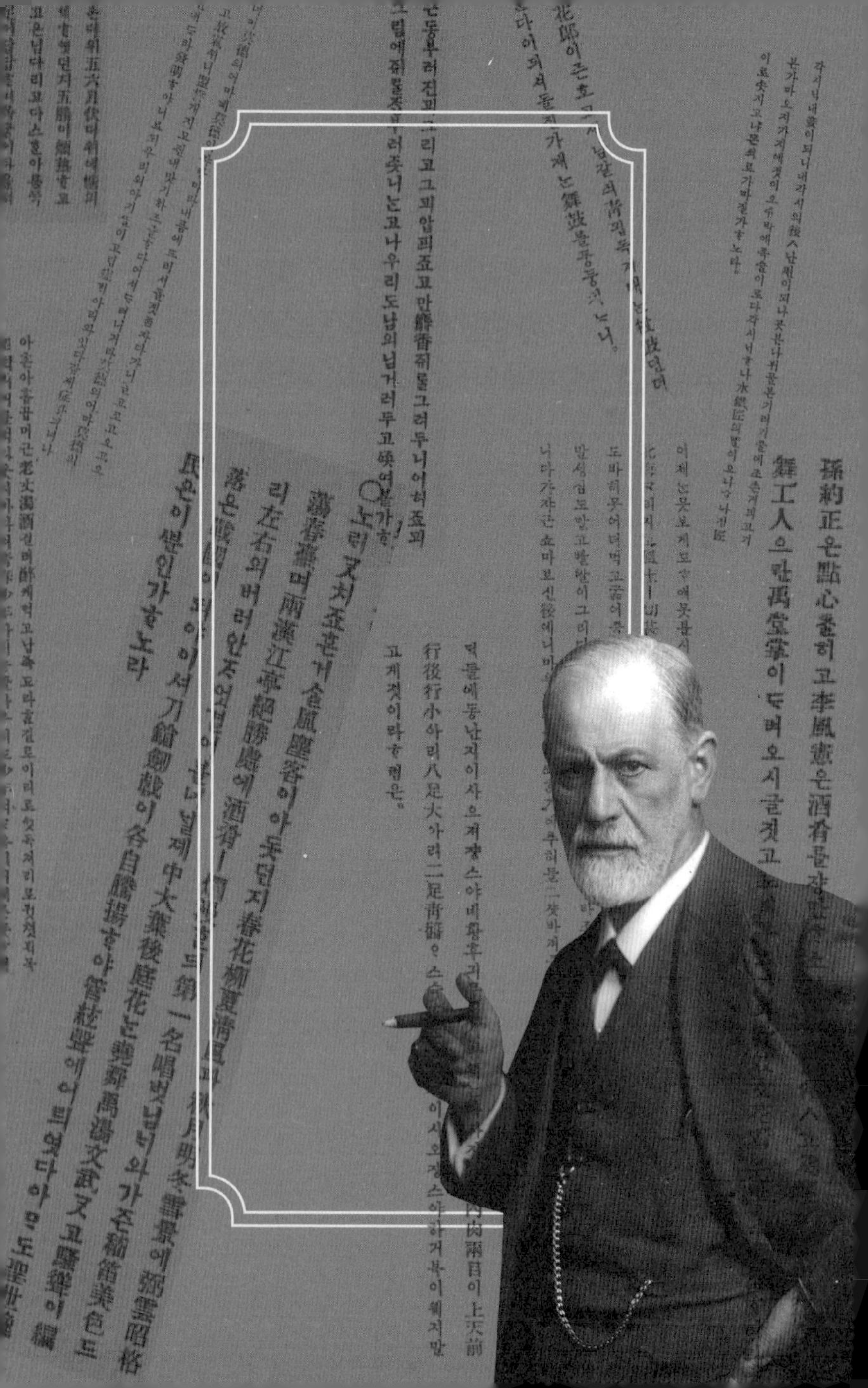

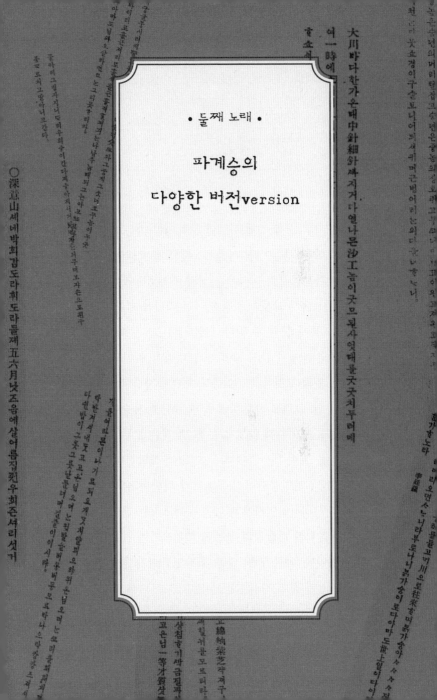

• 둘째 노래 •

파계승의
다양한 버전version

시조가 가창을 전제로 했던 문학이란 점은 많은 사람들이 아는 사실이다. 성을 노골적으로 드러낸 시조 대부분 가창공간의 이러한 사정과 관계있다 할 때, 주연석酒宴席에서 파계승 소재가 어떤 역할을 했는지 「쌍화점」을 통해 살필 수 있다. 「쌍화점」 2연은 삼장사라는 신앙공간에서 주지 승려가 난데없이 여인의 손목을 잡은 일과 그것이 소문이라도 나면 동자승에게 책임을 돌린 일, 그리고 사찰에 소속된 말단 동자승이 주지의 허물을 덮어주지 않고 소문을 낸 것은 모두 청자들의 예상을 계속 빗나가게 하는 진술에 해당한다. 물론 「쌍화점」의 가창공간이 가무歌舞와 더불어 술과 안주酒肴가 구비된 곳이기에 예상을 무너뜨리는 진술은 술자리에 참석한 사람들의 마음을 이완시키는 기능을 했기 마련이다. 게다가 또 다른 화자인 '나'가 등장하여 '그 잠 잔 데 같이 지저분한 게 없다(그잔ᄃᆡ ᄀ티 덦거츠니 업다)'하며 자신도 동침하고 싶다고 한다. 주지 승려의 행위를 통해 이완된 상태에 있던 참석자들은 또 다른 화자가 등장하여 동침을 운운하는 데에서 다시 이완을 경험하게 된다. 이른바 웃음의 기제에서 언급하는 반전의 효과를 거듭 경험하게 된다는 것이다(『웃음의 미학』).

공산空山에서 벌이는 남자 중과 여승僧의 씨름

남자 중과 여승이 깊은 산중에서 만나 어디로 가오 어디로 오시는가

산 좋고 물 좋은 데 갈씨를 붙여보오 두 고깔이 한데에 닿아 너풀너풀 하는 모양은 흰 모란 두 포기가 춘풍에 휘둘거리는 듯

아마도 공산에서 이 씨름은 남자 중과 여승 둘 뿐이라

듕과 僧과 萬疊山中에 맛나 어드러로 가오 어드러로 오시는게

山죢코 물 죳흔듸 갈씨를 부쳐보오 두 곳같이 흔듸 다하 너픈너픈 ᄒ는 樣은 白牧丹 두 퍼귀가 春風에 휘듯는 듯

암아도 空山에 이씰음은 중과 僧과 둘 쑨이라

위의 노래를 지은 박문욱朴文郁은 『해동가요』에 수록된 고금창가제씨古今唱歌諸氏 56명에 포함된 사람이다. 그에 대해 "술을 즐겨 주량이 대단했고 취해 노래를 부르면 반드시 사람들을 놀라게 하는 구절이 들어 있어 세간에서 호걸군자平生酒有巨鯨量 咏嘆必有警人句 此誠塵世間豪傑君子也"라고 기술돼 있다. 그리고 위의 노래에 대해 김수장은 "기술된 여러 곡들 중에서 남자 중과 여승의 교각지가는 천고일담이다所述諸曲中 僧尼交脚之歌 千古一談"라며 해당 노래를 극찬하기도 했다. 남자 중과 여승의 씨름을 천고일담으로 평가한 사람이 연행공간에서 활동하던 전문 가객이었다는 점에서 낙희지곡樂戲之曲에 해당하는 다음 노래도 가창공간에서 일정한 역할을 했기 마련이다.

어흠 그 누구신지 건너 불당에 동냥중이 내 일러니
홀거사 내 홀로 자시는 방안에 무슨 것 하러 와 계신가
홀거사 내 노감토 벗어 거는 곁에 내 고깔 벗어 걸러
왔노라

어흠아 긔 뉘옵신고 건너 佛堂에 動鈴僧이 내올너니

홀居士 내 홀노 ᄌ시ᄂ 방안에 무스것ᄒ랴 와 겨오
신거

홀居士 내 노 감토 버셔 거ᄂ 말겻틔 내 곡갈 버셔
걸너 왓노라

건너 불당의 여승이 홀거사 잠자는 방안에 자기의
고깔 벗어 걸러온 것은 남자 중과 여승僧의 씨름 상황
과 다름 아니다. 이 노래 뒤에는 박후웅朴後雄이 옛부터
있어 왔던 낙희지곡樂戲之曲을 소용騷聳이라는 새로운
악곡으로 바꾸어 유행시켰다는 기록이 있다. 특히 소용
이란 악곡이 "세상의 호걸들에게 회자될 정도로 사람
의 귀와 눈, 그리고 마음을 즐겁게 했悅人耳目心志樂也
世上豪傑 欽慕以膾煮矣"다고 한다. 「남자 중과 여승이~」
와 「어흠 그 누구신지~」의 노랫말과 부기된 기록을 통
해 보건대 박문욱이 사람들을 놀라게 하는 구절이 들
어 있는 노래를 부르던 공간이나, 소용이란 악곡이 호
걸들에게 회자되던 공간은 모두 악공, 기녀, 안주가 구
비된 주연석이었던 것이다. 가창공간에서 활동하던 김
수장이 「남자 중과 여승이~」를 천고일담千古一談으로
평가한 것이나 호걸들의 마음을 즐겁게 했던 악곡이 낙

희지곡에 기원을 둔 '소용'이었다는 점, 게다가 이들 노래가 모두 파계승을 소재로 하고 있다는 점에서 「남자중과 여승이~」와 「어흠 그 누구신지~」의 친연성을 확인할 수 있다.

중놈은 승년의 머리털 칭칭 휘감아 쥐고

중놈은 승년의 머리털 손에 칭칭 휘감아 쥐고 승년은 중놈의 상투를 풀어헤쳐 잡고

두 끄덩이 마주 잡고 이것이 잘못됐다 저것이 잘못됐다 짝짝꿍이 쳤는데 뭇 소경이 구경하는구나

어디서 귀먹은 벙어리는 잘못됐다 옳다 하네

중놈은 승년의 머리털 손의 츤츤 휘감아 쥐고 승년은 중놈의 상토를 플쳐잡고

두쓰등이 마조 잡고 이 왼고 저 왼고 작작공이 쳣ᄂ되 뭇 소경놈이 굿보ᄂ구나

어듸셔 귀머근 벙어리ᄂ 외다 올타 ᄒ나니

중놈과 승년이 머리끄덩이 마주 잡고 싸우고 있는

게 아니라 성행위를 하고 있다. 전문 신앙인들이 근엄함과 동떨어져 있는 것도 당황스런 일인데 그들이 수줍음은 고사하고 이것 잘못됐다 저것 잘못됐다며 자세를 고쳐가며 적극적으로 성행위를 하는 상황 또한 난감하기 이를 데 없다. 게다가 짝짝궁이 치는(몸 부딪히는 소리) 것을 누군가 구경하고 있다. 성행위를 누군가 몰래 엿보는 경우가 있을 수 있다 하더라도 그 구경꾼이 소경이란 점에서 가창공간에서 청자들이 느끼는 당황스러움은 전문 신앙인이 성행위를 하는 것에 준한다. 이어 듣지 못하고 말도 못하는 귀먹은 벙어리가 신앙인들의 성행위에 대하여 어떤 것은 잘못됐고 어떤 것은 잘됐다고 이야기를 하고 있는 부분(외다 올타 ㅎ)도 마찬가지이다. 결국 전문 신앙인, 소경, 벙어리라는 단어의 외연에 기댄다면 위의 노래는 납득하기 힘들다.

하지만 가창자와 그것을 듣는 청자들, 악공과 기녀, 그리고 술과 안주酒肴가 구비돼 있는 가창공간을 감안하면 파계승 소재의 시조를 이해할 수 있다. 시간이 지남에 따라 술과 안주가 소비되고 분위기가 점차 고조되면서 노래의 속도도 빠른 곡조로 변모한다. 이때 가창자의 노랫말도 그런 분위기에 편승해야 했다.

중놈도 사람인 양하여 자고 가니 그립다네

중놈도 사람인 양하여 자고 가니 그립다네
중의 송락 나 베고 내 족두리 중놈 베고 중놈 장삼은
나 덮고 내 치마란 중놈 덮고 자다가 깨어보니 둘의 사
랑이 송락으로 하나 족두리로 담뿍
이튿날 하던 일 생각하니 못 잊을까 하노라

중놈도 사롬인양ㅎ야 자고 가니 그립습듸
중의 송낙 나 베옵고 늬 족도리란 중놈 베고 중놈의
長衫은 나 덥습고 늬 치마란 중놈 덥고 자다가 씌야보
니 둘의 思郞이 송락으로 ㅎ나 족도리로 담북
잇튼날 ㅎ던일 生覺ㅎ니 못 니즐가 ㅎ노라

중의 모자松絡와 옷長衫을 화자가 베고 덮는 대신
화자의 족두리와 치마를 중이 베고 덮고 잤다는 진술
이다. 이 노래에서 주목되는 것은 중과 화자가 치마나
장삼을 덮고 나눈 사랑을 모자나 족두리의 크기에 기
댔다는 점이다. 화자의 족두리가 중의 모자보다 작되
담북(담뿍)이란 표현을 통해 크기 면에서 결코 그것에
뒤지지 않는다. 이는 화자나 중이 치마나 장삼 속에서

나눈 사랑이 적극적이었으며 서로 만족했다는 것을 가리키는 것이기도 하다. 그래서 이튿날 하던 일을 생각하며 못 잊어하고 있는 것이다.

청울치 여섯날의 미투리 신고 휘감은 장삼 뒤쳐 메고
소상반죽 열두 마디 뿌리째 뽑아 짚고 마루 넘어 고개 넘어 들 건너 벌판 건너 청산 돌길에 굽은 늙은 소나무 아래로 희뜩 누른 누른 희뜩 등성 넘어 가옵거늘 보았는가 못 보았는가 그이가 우리 남편 선사중일세
남이야 중이라 해도 밤중에는 옥 같은 가슴 위에 수박 같은 대가리를 둥글 꺼끌꺼끌 둥글 둥실둥실 기어 올라올 때 나야 좋지 중서방이

靑울치 六날신 신고 휘되 長衫 두루쳐 메고
瀟湘班竹 열두ㅁ되 불희지 쌘혀 집고 ㅁ로 너머 지너머 들 건너 벌 건너 靑山石逕에 구분 늙은 솔아ㅣ로 횟근누은 누은횟근횟근 동너머 가옵거늘 보오신가 못보오신가 긔 우리난편 禪師듕이올너니
남이셔 듕이라 ᄒ여도 밤ㅣ만ᄒ여셔 玉ᄀᆞ튼 가슴 우희 슈박ᄀᆞ튼 되고리를 둥굴썰금썰금 둥굴둥실둥실 긔여 올나 올졔 ㄴㅣㅅ 됴희 듕셔방이올네

화자는 주변사람들에게 우리 남편 선사중을 보았
냐고 묻는다. 남들이 보기에 선사중이 육욕肉慾과 무
관해 보이지만 밤중만 되면 화자의 가슴을 수박 같은
대가리로 기어 올라 올 정도로 육욕에 서툴지 않다. 그
래서 어딘가 떠돌고 있을 중서방을 찾고 있었던 것이다.

저 중아 걸기는 걸고 가더라도
뒷말이나 없게 하여라

창 밖이 어른어른 하나니 소승이 올소이다

어제 저녁의 동냥하러 왔던 중이 올러니 각씨님 자
는 방 족두리 벗어 거는 말 곁에 이 내 송락을 걸고 가
자 왔소

저 중아 걸기는 걸고 갈지라도 뒷말이나 없게 하여라

窓밧기 어른어른 ᄒᄂ니 小僧이 올소이다

어제 저녁의 動鈴ᄒ랴 왓든 듕이 올ᄂ니 閣氏님 ᄌ
ᄂ 房 독도리 버셔 거ᄂ 말 그틱 이ᄂᆝ 쇼리 송락을 걸
고 가자왓소

져 듕아 걸기ᄂ 걸고 갈지라도 後ㅅ말이나 업게 ᄒ

여라

족두리 거는 곳에 모자를 걸고자 중이 나타나자 화자는 걸기는 걸고 갈지라도 뒷말이나 없게 하라고 한다. 건너 불당의 여승이 홀거사 자시는 방안에 자기의 고깔 벗어 걸러 왔다는 노랫말처럼 '걸고 가다(걸다)'는 교각交脚(동침하다)의 관습적 표현이다. 옷이나 모자를 걸다掛가 다리를 걸다交脚에 해당하는 악의 없는 농담이기에 그렇다.

다리 위의 중이 손으로 흰 구름 가리키며 가네

물 아래 그림자 지니 다리 위에 중이 간다
저 중아 게 섰거라 너 가는 데 물어보자
손으로 흰 구름 가리키고 말 아니하고 간다

물아레 그림자 지니 ᄃᆞ리 우희 즁이 간다
져 중아 게 서거라 너 가ᄂᆞᆫ듸 무러보쟈
손으로 흰구룸 ᄀᆞ르치고 말 아니코 간다

다리 위를 지나는 중을 세워 놓고 그가 어디를 향해 가는지 묻는 행위는 별반 반응을 일으킬 만한 상황이 아니다. 그러나 가창공간에서 소재로 등장한 중이 공산空山에서 씨름을 하거나 고깔 벗어 걸었거나, 혹은 짝 짝궁이 쳤다는 것을 잘 알고 있는 화자가 중을 세워 가는 데 묻는 것은 짓궂기까지 하다. 물론 화자뿐 아니라 청자들도 중이 어디 가서 무엇을 할 것인지 잘 알고 있다. 뻔히 알면서 묻는 것도 이완에 해당하지만 중이 대답하는 모습 또한 마찬가지이다. 중이 어디 가서 무엇을 할지 누구든 잘 알고 있지만 중만 그것을 알아차리지 못한 채 전문 신앙인인양 손으로 흰 구름 가리키고 말 아니하고 가는 꼴인 셈이다. 이 상황에서 가창공간에 있던 사람들의 마음이 이완되기에 위의 시조에서 교각(혹은 씨름)과 관련한 표현이 전혀 나타나 있지 않더라도 파계승 등장 시조의 자장에 포함될 노래이다. 가창 공간에 있던 사람들은 다리 위의 중이 누구를 만나 무엇을 할지 이미 알고 있기 때문이다.

이제까지 파계승 소재 시조가 가창현장에서 어떤 역할을 했는지 살펴보았다. 주효의 소비에 따라 노래의 속도가 빨라지고 노랫말도 가창공간의 분위기를 반영한다는 점에서 파계승 시조는 분위기 고조와 함께 청자들을 가창공간에 집중시키는 기능을 했다. 그에 따라 성을 더욱 노골적으로 드러내는 노랫말이 등장했던 것이다.

파계승을 등장시켜 연행현장에서 청자들의 예상을 무너뜨려 그들의 마음을 이완시키는 일은 민속극에서도 재현된다.

> 부네가 오금을 비비며 걸어나온다.…치마를 들치고 엉거주춤 앉아서 오줌을 눈다. 이때 중이 등장하여 이 광경을 목격한다. 중은 못볼 것을 봤다는 듯이 염주알을 만지며 합장한다.…중은 소매를 후리치고 부네가 오줌을 눈 자리에 가서 흙을 긁어 모아서 한 손에 쥐고, 다른 손으로는 손가락 사이로 흐르는 흙을 연신 끌어올리어 兩손으로 코 가까이에 갖다 대고 냄새를 맡는다.(「하회 별신탈놀이」)

중이 못볼 것을 봤다는 듯이 염주알을 만지며 합장하는 일은 청자들이 예상한 대로 당연한 것이었으나 이내 곧 흙을 긁어모아서 두 손으로 코 가까이에 갖다 대고 냄새를 맡는 부분에 이르러 이 광경에 주목하고 있던 사람들을 당황시킨다. 차라리 전문 신앙인이 아닌 사람이 오줌 냄새를 맡았다면 다소 덜 당황스러웠을 것이다. 하지만 당황은 가면극을 보고 있던 사람들의 마음을 이완시켜 그들을 연행현장으로 집중시키는 데 효과적으로 기능한다.

결국 가창공간에서 중의 파계행위는 청자의 마음을 이완시키는 데에 주요한 역할을 한 셈이다. 그리고 이완이 한 바탕 웃음으로 단순하게 끝나는 게 아니라 청자들을 계속 가창(연행)공간으로 집중시키는 역할을 했던 것이다. 물론 청자가 과거에 동일한 가창을 통해 이완된 경험을 지녔다 하더라도 이완될 준비를 미리 하고 있기 때문에 이완의 폭이 크게 줄어들지 않는다.

이제는 가창공간에서 왜 파계승을 소재로 삼았는지 논의가 뒤따라야 한다. 조선조 억불정책에 기대는 것도 타당하겠지만 그것보다는 주효가 구비된 가창공간에서 글짓고 노래부르던 약정, 풍헌, 당장이 인간의 기본욕구를 억제하는 성리학적 사유를 갖추고 있었다는 점을 감안해야 한다. 주효의 소비와 가창공간의 분위기에 따라 성리학적 사유가 부분적으로 흔들리는 경우가 생긴다 하더라도 그것이 계율을 지켜야 하는 전문신앙인이 성행위에 적극적으로 나서는 파계행위에 비할 바 못되기에 참석자들에게 심리적 자위감을 줄 수 있었다. 가창공간의 분위기를 돋우어 청자들을 집중시키는 데에 파계승이 최적의 소재였기에 천고일담千古一談이란 평가를 받을 수 있었던 것이다. 그리고 주효가 있는 자리에서 '믿거나 말거나'류의 황당한 내용을 진술하는 경우가 흔한데 이는 사실 여부를 떠나 참석자들이 한바탕 웃으면 그만일 뿐 그 이상 의미가 없다는 점에서도 확인할 수 있다. 마지막으로 바리를 들고 이리저리 다니는 동냥중의 특성도 개입돼 있다. 동냥(탁발)중은 일정한 시기에 특정 물품을 갖고 다시 돌아오는 장사꾼과 다르기에 그에 대한 희롱이나 훼손이 있다 하더라도 다른 것들에 비해 덜 부담스러운 소재일 수 있었다.

다음은 『언문조선구전민요집』에 전하는 동냥중과 관련된 노래이다.

오동나무 그늘속에/부처님이 웬일이요/밥을밧처 공양할가/썩을밧처 공양할가/몸을밧처 공양할가

중아중아 까까중아/…/오줌독에 쌔질중아/대꼭지로 건질중아/인두불로 지질중아

중대가리 쌀쌀/팟대가리 쌀쌀/도진년의 씹대가리
　　쌀쌀

　　　중아중아 칼내라/배암잡아 회치고/개골이잡아 탕치
　　고/씰내썩거 밥해주마

　　오동나무 그늘에서 쉬고 있는 중을 여인이 희롱하
고 있다. 그리고 동네 아이들이 머리를 깎은 아이를 놀
리면서 오줌독에 쳐박거나 인두로 지질 대상을 중으로
상정하고 있다. 짧게 깎은 머리를 만졌을 때의 촉감을
'중대가리'에 기대면서 그것을 도진녀의 씹대가리까지
연계시키기도 한다. 끝으로 시주는 못해줄지언정 육식
을 멀리해야 할 중에게 뱀 잡아 회쳐주거나 개골이 잡
아 탕을 끓여주겠다고 한다. 민요의 가창현장을 고려하
면 아이들이나 여인이 실제로 중을 앞에 세워놓고 희롱
하는 게 아니라 머리를 짧게 깎은 아이를 놀리거나 여
인들의 파적이 목적일 뿐이다.

孫約正은點心를苗히고 李風憲은酒肴를장만

酒工人으란再堂을이드며오시글것고

民오이싼인가흘노라

落은陵春이니
蕩春嘉日 金風塵客이

리左右의써러안즌

行後行小아리八足大가리二足靑

• 셋째 노래 •

불구동물 등장 시조

시조에 동물이 등장하는 것은 흔하다. 동물들의 특성에 따라 화자의 진술을 드러내는 방편이기에 그렇다. 송골매는 꿩사냥을 하고, 개는 꼬리치고, 고래는 물을 토하고, 원앙새는 쌍쌍으로 연못에 떠 있고, 귀뚜라미는 긴 소리 작은 소리 내고, 두더지는 땅을 파고, 새는 하늘로 난다는 게 그것이다.

그러나 동물이 등장하되 그들의 몸이 온전하지 못한 상태에 있는 경우가 있다. 그들은 잔등 똑 부러진 불개미와 다리 저는 두꺼비, 그리고 치질 3년 복통 3년 편두통의 조그만 새끼 개구리처럼 고질병을 앓고 있는 상태에 있다. 이러한 불구동물이 등장한 시조를 흔히 당대의 부조리한 세태에 대한 비판적 시각으로 이해해 왔다.

이런 유형의 시조 중에서 청개구리의 죽음과 나머지 동물들의 질펀한 풍악이 대비되는 「청개구리 복통

으로~」가 있다. 이에 대해 동물의 생태를 해학적으로
표현했다고 하여 교훈적인 면에 주목하고 있지만 사설
시조 이해의 전제와 가창공간, 그리고 불구를 고려하면
다른 해석이 가능할 것이다.

태백이 자녤랑은 아이를 불러 맛있는 술을 바꿔 들
이게 하고
엄자릉 자녤랑은 동강의 칠 리 물골에서 희고 큰 물
고기 낚아 안주 담당하시오 도연명 자네는 오현금을
둥지덜아 둥실 타고 장자방 자네는 계명산 가을 달빛
아래 옥통소 슬프게 부시오
그나마 글짓고 춤추고 노래부르기는 내 담당

티빅이 ᄌᆞ녈낭은 호아장츌 환미쥬ᄒᆞ고
엄ᄌᆞ릉 ᄌᆞ녈낭은 동강칠이탄의 은린옥쳑 낙거 안주
담당ᄒᆞ쇼 도연명 ᄌᆞ늬는 무현금을 둥지덜아 둥실타고
쟝ᄌᆞ방 ᄌᆞ늬는 계명손 츄야월 옥통쇼만 슬피 부쇼
그늠아 글짓고 춤추고 노릭부르길낭 늬 담당

이태백, 엄자릉, 도연명, 장자방에게 각각 술美酒,
희고 큰 물고기 안주(은린옥쳑), 오현금, 옥통소를 맡게 하고 화자는 글짓고 춤추고 노래부르기를 담당하겠다고 한다. '호아장출 환미쥬呼兒將出換美酒'는 아이를 불러 맛있는 술을 바꿔 들이게 하는 일이다. 여기에 거론된 자들은 역사나 고사古事 속의 실제 인물이 아니라 가창공간에 참석한 자들끼리 암묵적으로 서로 통하던 별칭들이다. 이태백, 엄자릉, 도연명, 장자방은 각각 술, 낚시, 시인, 책사를 연상시키는 인물로 가창공간에서 술과 안주酒肴가 풍성하고 참가자들이 일정한 소양을 갖추었으면 하는 바람과 관련돼 있다. 시조의 가창공간에서 참가자들의 행위가 '글짓고→춤추고→노래부르기'로 진행되며 그곳의 참가자들이 서로 간의 소통의 즐거움을 목적으로 삼은 만큼 그러한 바람을 별칭으로 나타낸 것이다.

한눈 멀고 다리 저는 저 두꺼비

두꺼비 저 두꺼비 눈 하나 멀고 다리 저는 저 두꺼비
날개 하나 없는 파리를 물고 날쌘 척하여 두엄 쌓은
위에 솟았다가 발딱 나자빠져
모처럼 몸이 날쌨으니 다행이지 여러 사람들이 봤으

면 남들 웃길 뻔 했네

　둑거비 뎌 둑거비 흔눈 멸고 다리져는 저 둑거비

　흔 나릭 업슨 파리를 물고 날닌쳬흐야 두험쓰흔 우

흘 속소다가 발싹 나뒤쳐 지거고나

　모쳐로 몸이 날닐세만졍 衆人僉視에 남 우릴번 흐

거다

　눈 하나 멀고 다리 하나 저는 저 두꺼비 서리 맞은

파리 물고 두엄 위에 치달아 앉아

　건너 산 바라보니 송골매 떠 있거늘 가슴이 뜨끔하

여 펄쩍 뛰다가 그 아래 도로 자빠지고

　내가 모처럼 날랜만정이지 행여 둔했으면 피멍들 뻔

했어라

　흔눈 멀고 흔다리 져는 두터비 셔리 마즈 프리 물고

두엄우희 치다라 안자

　건넌 山 브라보니 白松骨리 써 잇거늘 가슴에 금죽

흐여 플썩 쮜다가 그 아릭 도로 잣바 지거고

　나 믓쳐로 날린 젤싀만졍 힝혀 鈍者ㅣ런둘 어혈질번

흐괘라

눈 하나 멀고 다리 저는 두꺼비가 날쌘 척 하다가 두엄 쌓은 위에 나자빠져 있는 모습이다. 이 노래를 당대의 부조리한 세태에 대한 비판적 시각이 노출된 것으로 이해하는 경우, 두꺼비는 탐관오리, 파리는 무력한 사람을 가리키게 된다. 그러나 사설시조 이해의 전제와 가창공간을 고려할 때, 날개 하나 없거나 서리 맞은 상태에 있는 파리를 입에 물고 날쌘 척하며 뛰는 두꺼비의 모습은 노랫말 그대로 '남들 웃길' 대상이다. 여기서 '남들'은 가창공간에 참석한 자들이다. 무엇보다 눈 멀고 다리 저는 두꺼비가 불구 상태에 있는 파리를 입에 물고 날쌘 척하는 모습은 결점을 은폐하고 될 수 있는 대로 그 반대인 체하는 모습에서 읽을 수 있는 희극적인 점에 해당한다(N.하르트만).

치질 3년 복통 3년 편두통 피부병 앓는 개구리

눈 하나 멀고 다리 하나 절고 치질 삼 년 복통 삼 년 편두통 피부병 앓는 조그만 새끼 개구리

일백 오십 자 자작나무를 오를 때 쉽게 여겨 수로록 소로록 허위허위 솟구쳐 뛰어 올라 앉아 내려갈 때는

어찌 할꼬 나 몰라라 저 개구리

　우리도 새님 걸어두고 나중 몰라 하노라

　흔눈 멀고 흔다리 절고 痔疾三年 腹疾三年 邊頭痛

內外丹骨 알른 죠그만 슷기ㅣ고리가

　一百쉰듸 자장남게를 올은 졔 긔 수이 너겨 수로록

소로록 허위허위 소슙 쒸여 올나 안자 나릴졔란 어니흘

고 내 몰내라 저 ㅣ고리

　우리고 ㅣ님 거러두고 나종 몰라 ㅎ노라

　흔히 새끼 개구리를 통해서 백성들이 지배계급에
의해 끊임없이 수탈당하던 당시의 사회상을 읽어내려
하지만, 앞서 언급했듯 불구동물이 등장했던 「두꺼비
저 두꺼비~」와 유사한 기능을 했던 것으로 이해해야
한다. 만횡청류가 노랫말이 음탕하고 뜻과 지취가 보잘
것 없어 족히 본받을 만하지 못한 노래이듯 「눈 하나 멀
고~」도 이를 감안해야 한다는 것이다. 눈이 멀고 다리
도 절고 게다가 치질, 복통, 편두통까지 앓고 있는 새끼
개구리의 모습은 가창공간 참석자들의 웃음을 자아내
기에 충분하다. 온전한 상태에 있던 개구리가 일백 오
십 자尺의 자작나무를 오르는 것도 어렵겠지만 불구상

태의 새끼 개구리가 그것을 쉽게 여기며 솟구쳐 뛰어올라 앉는 일은 더욱 불가능한 일이기에 이 또한 초장과 비슷한 기능을 한다. 하지만 불구상태에 있던 새끼 개구리가 150자에 이르는 자작나무에 오른 것에 대하여 화자는 내려갈 때는 어찌 할꼬 나 몰라라 하며 불구상태에 있는 새끼 개구리와 일정한 거리를 두고 있다. 그리고 종장에 이르러 나를 포함한 우리들도 새님 걸어두고 나중 일 모르겠다고 한다. 가창공간에서 종장의 '걸어두고'가 '걸다掛'의 의미와 무관하게 관습적으로 교각交脚이었다는 점에서 '걸다'의 주체는 나중 일 몰라 하는 기녀이다. 기녀가 새로운 임과 교각하고 나중에 벌어지는 일에 대해 '나 몰라라' 하겠다는 것은 기녀와 관련된 속담을 통해 구체적으로 이해할 수 있다. 기생이 남자에게 삿갓을 씌우지 못하면 명기名妓가 아니다라는 속담이 있듯이(『조선해어화사』), 기생들의 삶은 자족적이지 못하다. 상대방의 재산이 탕진되더라도 어떤 책임도 지지 않는 자는 노랫말에 나타난 대로 나중 일 몰라 하는 기녀이다. 「눈 하나 멀고~」에서 새끼 개구리는 기녀가 나중 일 몰라 하며 삿갓을 씌울 자이기에 이 노래를 앞날을 감당 못하는 소시민들의 현실에 대한 날카로운 풍자로 이해하기보다 문면 그대로 기녀가 상대하던 자들에 대한 그녀의 조롱을 읽을 수 있는 노래라 규정할 수 있다. 여기서 '기녀의 조롱'은 단지 가창 분위기와 관련된 소통의 즐거움을 위한 진술이지 참석자들에게 불쾌감을 주기 위한 것이 아니다. 소통의 즐거움은 자아가 개입되지 않은 상태에서 서로에게 어떤 것도 기대하지 않고 그저 대화를 나누는 이들의 즐거움이고 소통의 고통은 자아가 개입돼 서로에게 행위하라는 명령, 도움을 요청하는 고함, 요구, 설득하려는 데서 발생한다(『대중예술의 미학』). 사설시조 가창공간은 전자처럼 소통의 즐거움이 있는 곳이기에 그렇다.

청개구리 복통으로 죽은 날

불구동물 등장 시조에 대하여 살펴보았다. 이를 토대로 불구동물과 관련이 없지만 새로운 접근이 필요한 노래는 다음과 같다.

청개구리 복통으로 죽은 날 밤에

금두꺼비 화랑 지노귀새남 할 때 푸른 메뚜기 겨대는 장구 덩더러쿵 치는데 검은 메뚜기 전악이 피리 삐

리리 분다

　어디서 돌을 진 가재는 무고를 둥둥 치네

　靑개고리 腹疾ᄒ여 주근 날 밤의

　金두텁 花郎이 즌호고 새남갈식 靑묍독 겨대ᄂ 杖鼓

　던더러쿵 ᄒᄂ듸 黑묍독 典樂이 져힐니리흔다

　어듸셔 돌진 가재ᄂ 舞鼓를 둥둥치ᄂ리

　청개구리가 죽은 날 밤에 여러 동물들이 지노귀새
남(죽은 자의 넋을 극락으로 인도하는 굿)을 하기 위해 각자
맡은 악기를 연주하고 있다. 동물과 악기연주를 결부시
킨 만큼 이 노래를 동물을 의인화하여 그의 생태를 해
학적으로 표현했다거나 인간행사의 허황됨으로 이해하
기도 했다. 하지만 사설시조 가창공간을 감안하면, 위
의 노래는 두 가지의 경우로 이해할 수 있다.

　첫째로 청개구리, 금두꺼비, 푸른 메뚜기, 검은 메
뚜기, 돌을 진 가재는 실제 동물이 아니라 그곳에 참석
한 자들을 지칭한다는 것이다. 참석자의 신분은 무당
의 별칭인 화랑, 굿을 할 때 풍악을 담당하는 겨대繼
隊, 궁중음악의 벼슬아치인 전악典樂이고 그들이 담당
한 악기는 장고杖鼓, 피리, 무고舞鼓이며 악기의 소리도

각각 '덩더러쿵' '삐리리' '둥둥'으로 나타난다. 악기가 결부돼 있지 않은 화랑은 그곳에서 가무를 담당했던 자에 해당한다. 참석자들과 악기 등을 고려하면 청개구리의 지노귀새남은 그의 넋이 극락으로 갈 정도로 충분히 준비돼 있는 셈이지만 이 노래가 『청구영언』을 포함해 13개 가집에 수록될 정도로 가창공간에서 인기 있는 레퍼터리였다는 점에서 죽은 자의 넋을 극락으로 인도하는 것과 거리를 두고 해석할 필요가 있다. 즉 '겨대'와 '전악'이 참가할 정도의 질펀한 굿판에서 가무와 악기를 담당한 자들을 가창공간에 견인하여 그곳의 분위기를 돋워 소통의 즐거움을 누렸으면 하는 바람을 엿볼 수 있다는 것이다.

둘째 이유를 앞의 「눈 하나 멀고~」에 기대 생각하면, 치질 3년 복통 3년 편두통 피부병 앓는 개구리는 삿갓을 쓸 정도로 가산을 탕진한 자이거나 가창공간의 연행에 미숙하여 참석자들의 조롱대상에 해당하는 자이다. 새끼 개구리는 자신을 걸어두고 나중 일 몰라 하는 기녀의 속성을 모른 체 내려올 때를 생각하지 않고 그저 150 자尺의 자작나무를 오르며 분별없이 가산을 탕진한 자이거나 가창공간에서 일어날 수 있는 여러 정황들 예컨대 가창순서나 가창분위기 등을 고려하지 못하는 자에 해당한다. 그래서 「청개구리 복통으로~」의 청개구리의 죽음은 「눈 하나 멀고~」의 새끼 개구리에 해당하는 자가 가창공간에 참석하지 않은 것을 우회적으로 나타낸 것이라 할 수 있다. 혹은 가창공간의 분위기를 돋울 줄 모르는 참가자일 수도 있다. 어쨌건 지노귀새남의 질펀한 풍악을 견인한 가창공간은 악기 소리처럼 '던더러쿵' '힐니리' '둥둥' 울리는 곳이었던 것이다.

통통 부은 두 다리 짧디 짧은 팔에 사팔뜨기 눈의 남편

　　술이라 하면 물 들이키듯이 음식이라 하면 헐은 말
등어리에 서리황 닿은 듯
　　통통 부은 두 다리 짧디 짧은 팔에 사팔뜨기 곱사등
이 고자 남편을 꼭두각시라 앉혀 두고 보랴
　　창 밖의 통 메꾸는 장사 너나 자고 가게나

　　술이라 ᄒ면 믈 믈혀듯ᄒ고 飮食이라 ᄒ면 헌 믈등
에 셔리황다앗듯

兩水腫다리 잡조지 팔에 할기눈 안퐂 꼽장이고쟈
남진을 만셕듕이라 안쳐 두고 보랴
窓밧긔 통메장ᄉ 네나 ᄌ고 니거라

화자의 남편은 알콜 중독과 거식증拒食症이 있다.
게다가 다리는 부었고 팔은 쟁기 중간에 박아 놓은 나
무이고 눈은 사팔뜨기이고 등짝은 안팎으로 곱사등이
이다. 어찌 보면 형편없이 만들어 놓은 꼭두각시와 다
름 아니다. 여러 불구 중에서 화자에게 가장 심각한 것
은 고자(고쟈, 성불구)이기에 화자는 차라리 뜨내기 장
사꾼에게 너나 자고 가라고 한다. 여기서 남편의 팔을
비유한 잡조지를 음사音似로 판단하는 경우, '잡'은 쓸
데없다는 의미이고 '조지'는 남성의 생식기이다. 곧 남
성 생식기를 가리키는 단어와 '이'가 연음되어 '아무 쓸
모없는 남자 생식기'로 바뀌기에 종장에서 화자가 너나
자고 가라고 진술한 것이다. 자기 남편을 고자라고 폭로
하는 일과 장사꾼에게 자고 가라고 진술하는 것, 그리
고 '잡조지'의 음상사音相似는 가창공간의 참석자들이
희극적으로 받아들일 수 있는 부분이다. 물론 신체를
부위별로 나누어 심각한 불구라는 점을 지적한 것 또
한 희극적일 수밖에 없다.

불구동물과 임이 짐작하소서의 결합

개미 불개미 잔등 똑 부러진 불개미

앞발에 피부병 나고 뒷발에 종기 난 불개미가 광릉의

심재를 넘어들어 칡범의 허리를 가로 물어 추켜들고 북

해를 건넜다 말이 있소이다 임아 임아

온 놈이 온 말을 하여도 임이 짐작하소서

기얌이 불기얌이 준등 쏙 부러진 불기얌이

압발에 졍종 나고 뒷발에 죵긔 난 불기얌이 廣陵십

지 넘어 드러 가람의 허리를 가로 믈어 취혀 들고 北海

를 건너단 말이 이셔이다 님아 님아

왼놈이 왼말을 ᄒ여도 님이 斟酌 ᄒ소셔

동물이 실현 불가능한 행위를 했다 하고 그것에 대
해 '임이 짐작하소서'로 진술해도 가창공간에서 나름
대로의 기능을 확보할 수 있을 텐데 굳이 동물을 등장
시키되 불구상태로 설정한 것은 특정한 목적이 개입
돼 있기 때문이다. 그들은 잔등 똑 부러진 불개미, 한
눈 멀고 다리 저는 두꺼비, 피부병 앓는 새끼개구리이
다. 그런데 불구상태에 있는 개구리, 두꺼비, 불개미는

자신의 불구를 인지하지 못하고 정상상태에 있을 때보다 더욱 활동적으로 그려졌다는 점에서 불구동물이 등장하는 시조가 가창공간에서 희극적인 기능을 담당했다고 짐작할 수 있다. 굳이 결점을 은폐하고 될 수 있는 대로 그 반대인 체하는 경향이 바로 희극적이란 데(N.하르트만)에 기대지 않더라도 불구동물의 행동은 웃음을 자아내기 충분하다. 실현 불가능한 내용을 진술한 후 이에 대해 '임이 짐작하'라는 노래가 가창공간에서 일정한 기능을 했고 불구동물 등장 시조가 희극적인 면과 관련돼 있다 할 때, '임이 짐작하소서'와 불구동물이 결합된 위의 「개미 불개미~」는 가창공간에서 기능을 보다 강화시키려는 의도에서 지어진 노래로 판단할 수 있다. 이 노래 또한 '만횡'이나 '롱'이라는 곡조에 얹어 부르며 가창공간을 왁자지껄하게 만들었던 노래라는 점에서도 이러한 면을 확인할 수 있다.

농담 상황에서 기녀의 공격 대상, 불구동물

프로이트에 따르면, 농담 공간에는 농담을 하는 사람 외에도 적대적이고 성적인 공격의 대상이 되는 사람, 그리고 쾌락의 생성이라는 농담의 목적을 충족시키는 제삼자가 있다고 한다. 여기서 농담을 하는 자는 가창자이고 적대적이고 성적 공격의 대상이 되는 사람은 기녀, 그리고 농담의 목적을 충족시키는 사람은 청자에 해당한다. 그런데 가창공간에서 적대적 공격의 대상이 되는 사람은 기녀인데, 그녀는 음담패설을 들음으로써 음담패설을 하는 사람의 흥분을 깨닫게 되어 스스로도 성적으로 흥분되는 자이기도 하다. 물론 음담패설에 친연했던 기녀가 성적으로 흥분된 상태가 아니더라도 그녀는 주연석酒宴席이나 풍류장風流場에서 온전히 기능하기 위해 그곳에 참석한 자들이 예상하고 있는 모습을 취해야 한다. 그녀는 어떠한 공격에도 유연히 대처해야 하기에 가창공간에서 그녀가 공격할만한 대상은 딱히 없는 셈이다. 이는 기녀 꽃보기女妓女花看라는 극단적 상황에서도 마찬가지이다. 그래서 그녀는 자신의 안전을 보장 받으면서 참석자들의 호응을 얻을 수 있는 공격 대상을 찾아야 하는데 이것이 불구를 소재로 한 시조가 등장한 이유에 해당한다. 결국 불구는 희극적 상황과 연계되는 것은 물론 가창공간에서 기녀가 공격대상으로 선호할만한 소재였던 것이다.

시조에 여러 동물이 등장한다. 그런데 이들 동물들

은 특이하게도 '경멸 및 조롱'과 관련된 불구상태로 등장하지 않는다. 기러기, 두견새, 매, 두루미, 닭, 꿩, 원앙 등은 각각의 특성에 따라 긴밀하게 연결되어 있는데, 외로움과 고독감을 심화시키는 기러기와 두견새, 기업妓業에 갓 들어온 기녀를 가리키는 매, 장수를 상징하는 두루미 등이 그것이다. 다만 불구와 관련해 나타나는 동물은 앞서 언급한 대로 개구리, 두꺼비, 불개미이다. 이들이 다른 동물들에 비해 '경멸 및 조롱'의 대상으로 삼기에 합당한 면을 지녔기 때문인데 이는 속담을 통해서도 확인할 수 있다. 옛 처지를 망각하고 교만하거나 건방진 자를 욕할 때 '개구리 올챙이 적 생각을 못한다'고, 몹시 망측한 꼴을 당해 창피해서 차마 입밖으로 낼 수 없는 경우를 '뒷간 개구리한테 하문을 물렸다'고 한다. 생각하는 것이나 하는 일이 옹졸한 사람을 가리켜 '두꺼비 콩대에 올라 세상이 넓다 한다'거나 애매하게 화를 당하거나 벌을 받아 억울한 상태를 '애매한 두꺼비 떡돌에 치인다'가 있다. 오고 가는 사람이 없는 경우를 '개미새끼 한 마리 없다'로, 눈앞의 이익을 보고 생각 없이 덤벼드는 모습을 '단꿀에 덤비는 개미떼'라 한다. 속담과 관련해서 개구리, 두꺼비, 개미는 하찮거나 어리석은 대상으로 나타난다. 이들이 이러한 속담과 결부된 것은 다른 동물들에 비해 주변에서 쉽게 발견할 수 있으면서 '경멸과 조롱'의 대상으로 삼더라도 누구건 동의할만하다고 생각했기 때문이다.

무엇보다 '허튼소리'가 가창되는 공간에서 '진지한 발화'가 등장하는 경우 공간의 분위기를 저해하기에 참석자들이 이를 용납하지 않는다. 실제로 놀이의 장場의 내부에는 하나의 고유한 질서가 지배하는데, 그 질서는 절대적이며 최상적인 것으로 약간의 차질이 생겨나도 '그 게임은 파괴되고' 놀이로부터 그 성격을 빼앗아 결국 놀이 자체를 무가치하게 만들어 버리기 때문이라고 한다(J. 호이징아). 그리고 농담이 진술될 때 특정인을 공격 대상으로 삼는데 가창공간에서 이에 해당하는 자는 바로 기녀로 그녀는 분위기를 유지하며 누구건 공감할 수 있는 대상을 찾아야 했는데 그것이 바로 '불구동물'이었던 것이다.

잔 벼룩 굵은 벼룩 왜벼룩,
그 중에서 차마 못 견딜 것은 복더위에 쉬파리

한 몸이 살자하니 물것 겨워 못 살리로다

껍질 같은 갈랑 이 보리알 같은 살찐 이 잔 벼룩 굵은
벼룩 왜벼룩 뛰는 놈 기는 놈

비파 같은 빈대 사령 같은 등에 아비 각다귀 사마귀
흰 바퀴 누런 바퀴 바금이 고자리 부리 뾰족한 모기 다
리 기다란 모기 살찐 모기 야윈 모기 그리마 지네 뾰록
이 밤낮으로 빈틈없이 물거니 쏘거니 빨거니 뜯거니 심
한 당버리에 어려워라

그 중에 차마 못 견딜 것은 오뉴월 복더위에 쉬파리
인가 하노라

一身이 아사자ᄒ니 믈것계워 못 살니로다

皮ㅅ겨ᄌ튼 갈랑니 보리알ᄌ튼 슈통이 잔벼록 굵은
벼록 왜벼록 쮜는놈 긔ᄂᆞᆫ놈의 琵琶ᄌ튼 빈듸 세기 使
令ᄌ튼 등에 어이 갈짜귀 사메 여기 셴 박휘 누른 박휘
바금이 거져리 부리 샢족ᄒᆞᆫ 모기 다라 기다ᄒᆞᆫ 모긔 살
진 모긔 야윈 모긔 그리 화진에 샢오록이 晝夜로 뷘틈
업시 물거니 쏘거니 썰거니 쏫거니 심ᄒᆞᆫ 당버리에 어려
이왜라

그듕에 ᄎᆞᆷ아 못견될슨 五六月 伏더위에 쉬피인가 ᄒᆞ
노라

위의 노래에서 화자는 '물것(무는 것)'에 해당하는 해충들을 나열한 후, 그 중에 차마 못 견딜 것은 오뉴월 복더위에 쉬파리라 지적하고 있다. 피를 빨아먹는 이, 벼룩, 빈대, 등에, 각다귀, 모기와 곡물에 해를 입히는 바퀴, 바금이, 고자리와 마루 밑에 서식하는 그리마 등이 주야를 가리지 않고 인간에게 해를 끼치지만 그 중에서 쉬파리가 주는 고통이 제일 크다고 한다. 그런데 통석通釋을 좌우하는 구절을 '사령 같은 등에(使令곳튼 등에)'에 두면, 이 노래는 갖은 명목으로 가렴잡세를 부과하고 인민의 노력의 열매를 빼앗아 가는 통치배들의 이러저러한 착취상을 기생충에 비유한 것이거나 아전들의 모습을 물것들과 하나씩 대응시켜보는 쾌감으로 이해할 수 있다. 그리고 정치상황과 결부하여 당시 사색당파들의 날뜀 속에 시달려야 하는 백성들의 고충을 넌지시 비유한 것으로 파악할 수도 있다.

하지만 주제와 밀접한 '차마 못 견딜 것은 오뉴월 복더위에 쉬파리(춤아 못견될슨 五六月 伏더위에 쉬피)'는 구양수歐陽修(1007~1072)의 「증창승부憎蒼蠅賦」를 꼼꼼히 살펴보는 것을 통해 구체화 할 수 있다. 「증창승부」에는 쉬파리가 인간에게 해를 끼치는 세 경우가 제시돼 있다. 첫째 낮잠에 방해, 둘째 잔치에 방해, 셋째 종들이 꾸중을 듣는 일이 그것이다. 예컨대 "잔과 밥그릇에 남은 질척한 국물, 생선회 접시"의 "음식냄새가 퍼지기가 무섭게 몰려들어 안 꾀는 곳이 없盃盂殘瀝 砧几餘腥…逐氣尋香 無處不到"을 정도로 "눈썹 끝에 앉아 눈을 간질이고 눈두덩을 따라 기어 다니니 아무리 눈을 감아도 잠이 올 턱이 없으或集眉端 或沿眼眶 目欲暝而復瞥"니 낮잠에 방해된다는 것이다. 그리고 "그릇과 접시에 엉겨 붙은 놈, 술상에 온통 진을 치는 놈, 맛 좋은 진국 술에 취해 그대로 술 속에 몸을 던져 익사하는 놈, 국맛에 넋을 잃어 펄펄 끓는 국 속에 빠져 혼백을 날리는 놈或集器皿 或屯几格 或醉醇酎 因之投溺 或投熱羹 遂喪其魄"들 때문에 "손님과 주인이 서로 술잔을 돌리고 의관을 위엄 있게 갖추어야 하는 때에, 주인으로 하여금 손을 휘두르고 발을 구르게 하여, 몸가짐을 흐트러뜨리게 하고 낯빛을 잃其賓主獻酬 衣冠儼飾 使吾揮手頓足 改容失色"게 하기에 손님과 더불어 "어느 겨를에 청담을 늘어 놓을 수 없何暇於淸談"기에 잔치에 방해된다는 것이다. 그리고 "맛 좋은 생선에 산해진미 등 어느 것 하나 간수에 소홀함이 없더라도 혹 뚜껑에 틈이 생기嘉殽美味 蓋藏稍露於罅隙"면 "고기마다 구더기가 들끓고 진물러 썩은 물이 흐른다. 이럴 때, 만약 친한 벗

들이 갑자기 들이닥치면 마음은 그저 삭막해져 모든
즐거움이 일시에 가셔 버리기莫不養息蕃滋淋漓敗壞 使
親朋卒至 索爾以無歡"에 음식을 관리 못한 종들에게 죄
를 묻게 된다는 것이다.

쉬파리가 끼치는 폐해 세 가지가 모두 음식과 관련
해 나타난다는 점에서 이를 사설시조 연행공간에 적
용시킬 수 있다. 연행공간에 술과 안주가 구비되어 있
는 한 쉬파리의 폐해는 끊이지 않는다. '청담을 늘어놓
을 수 없'을 정도로 음식에 날아드는 쉬파리는 연행공
간에 참가한 자들에게 귀찮은 존재이다. 게다가 '글짓
고 춤추고 노래부르'는 연행현장에서 '쉬피'가 참가자들
의 "얼굴을 더듬으며 귀찮게 굴고, 소매 속으로 기어들
기尋頭撲面 入袖穿裳"도 하고 '앵앵營營'거리며 주변을
날아다니기도 했다. 특히 앵앵거리는 소리를, 시끄럽다
네 소리 닭소리로 착각할 정도의 소음疾爾誤鳴鷄(『동국
이상국전집』)이었으니 연행 참가자들에게 '차마 못 견딜
것은 오뉴월 복더위에 쉬파리'였던 것이다. 노래의 작자
이정보가 사설시조의 연행공간과 친연한 인물이었다는
점에서 해당공간에 배설된 음식을 감안해 시조에 접근
하는 일은 타당성을 띤다. 물론 오뉴월 복더위 연행공
간에서 쉬파리의 폐해를 경험한 사람이라면 「한 몸이

살자하니 물것 겨워~」 화자의 진술에 누구건 충분히 공감하기에 이 노래는 오뉴월뿐 아니라 계절을 초월해 가창공간에서 연행될 수 있었던 것이다.

결국 피를 빨아먹는 이, 벼룩, 빈대, 등에, 각다귀, 모기와 곡물에 해를 입히는 바퀴, 바금이, 거저리와 마루 밑에 서식하는 그리마 등이 주야를 가리지 않고 인간에게 해를 끼치지만 그 중에서 오뉴월 복더위에 쉬파리가 주는 고통이 제일 크다는 진술을 연행공간의 측면을 고려함에 따라 달리 통석할 수 있었다. 주야로 피를 빨아먹거나 곡물에 해를 입히는 여러 해충이 있지만 연행공간에 있던 화자가 연행을 온전히 즐기는 데 훼방꾼은 쉬파리였던 셈이다. 물론 '사령 같은 등에(使令ᄀ튼 등에)'라는 표현은 통해 당대 아전의 횡포도 엿볼 수 있지만 무엇보다 연행공간에 있던 화자에게 연행의 폐해를 끼치는 존재가 쉬파리였다는 점을 강조하기 위한 일련의 수사에 불과하다. 즉 악랄한 아전이 있긴 하지만 그들이 경화사족이었던 이정보가 즐기는 연행을 방해하는 것은 아니기에 '사령 같은 등에'가 노래의 주제가 될 수 없는 일이다.

「한 몸이 살자하니 물것 겨워~」를 이와 같이 읽어낼 수 있었던 것은 사설시조 연행공간의 여러 측면을 고려

함에 따라 가능했던 것이다. 연행공간의 측면을 고려해
야 할 이유는 여기에 있다.

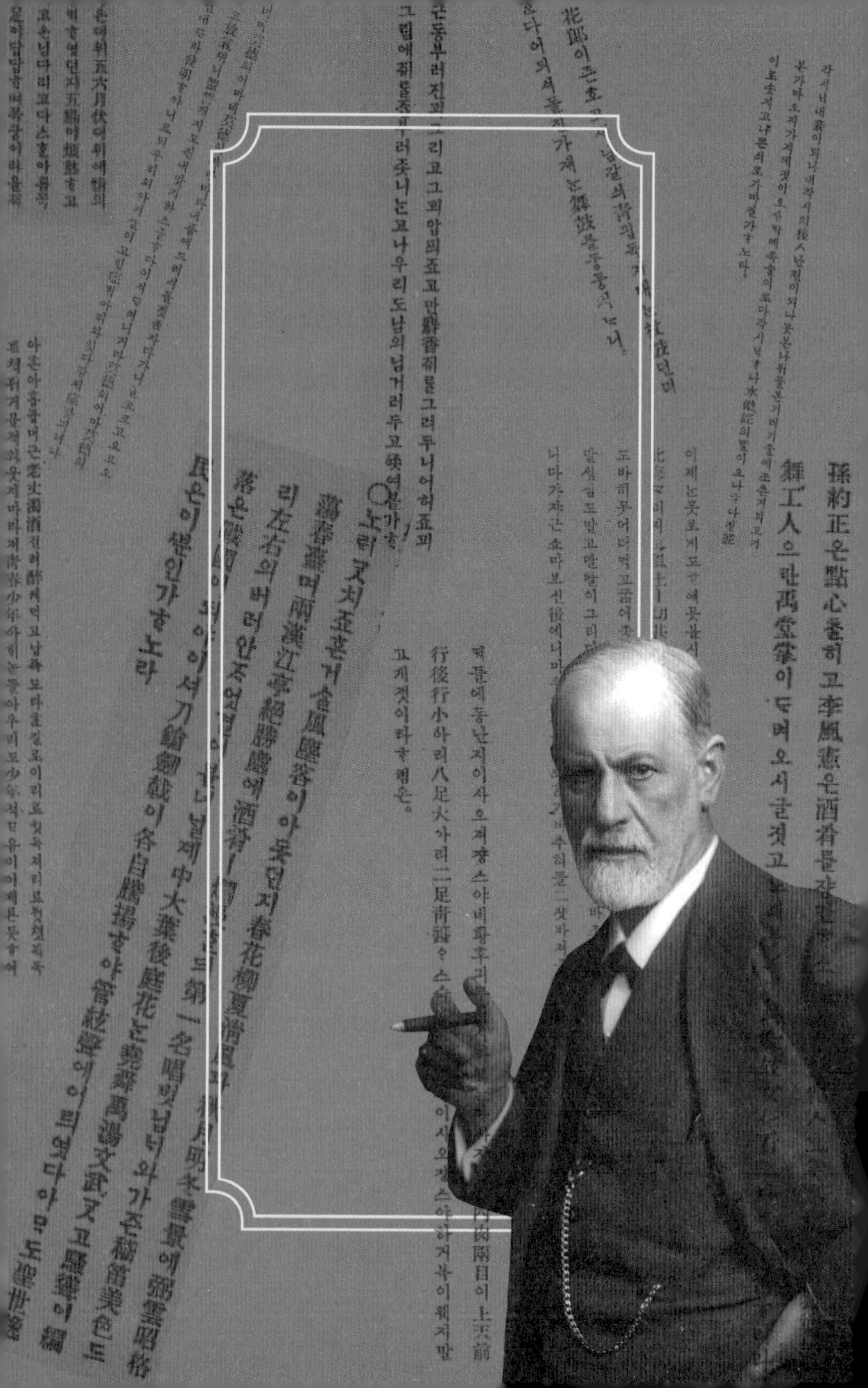

• 넷째 노래 •

연장 등장 만횡청류의
낯선 표현들

만횡청류의 "노랫말이 음탕하고 뜻과 지취가 보잘 것 없어 족히 본받을 만하지 못하다(「만횡청류 서」)"는 특성이 있지만 이것은 "무릇 당세의 호사가들이 입으로 외우고 마음으로 즐거워하며, 손으로 펼치고 눈으로 보게 하기(「청구영언 후발」)" 위해 편찬된 『청구영언』 안에 자리 잡고 있다. 「만횡청류 서」와 「청구영언 후발」의 다소 어긋난 듯한 기록은 '음탕하고 뜻과 지취가 보잘 것 없'는 노랫말에 해당하는 '연장' 등장 만횡청류를 통해 이해할 수 있다. 가창공간의 여러 정황들, 예컨대 노래의 가창순서와 가창 참석자들의 심리 등을 통해서 가능하다는 것이다.

남성화자와 여성화자의 시선

얼굴 좋고 마음씨 더러운 년아 밑정조차 부정한 년아

어떤 나이 어린놈과 황혼에 약속하고 거짓말로 꾸며

자고 가라는 말이 입으로 차마 나오느냐

두어라 창기가 본래 정한 남편 없고 방탕한 사내 봄

을 찾아 꽃을 즐기는 정이 너나 내나 한가지라 허물일

줄 있으랴

얼골조코뜻다라온년아밋졍조차不貞ᄒ년아

엇더ᄒ어린놈을黃昏에期約ᄒ고거즛말바다자고가란

말이입으로ᄎ마도와나는

두어라娼條治葉이本無定主ᄒ고蕩子之探春好花情

이彼我의一般이라허믈홀줄이이시랴

남성화자가 자고 가라고 권하던 기녀에게 욕설을 퍼
붓는다. 이미 젊은 사내를 저녁에 만나기로 약속을 한
상태에 있는 기녀가 화자를 떠보는 듯이 자고 가라고
권했던 것에 화가 난 것이었다. 마음씨 고약하고 밑정
조차 부정하다는 진술이 이를 반영한 표현이다. '밋졍'
에서 '밋'은 '밑(아래)'이고 '졍'은 '우물井'로 곧 여성의

연장이다. 17개의 가집에 수록된 이 노래는 '밋졍'으로
표기된 경우가 5개, '행실'로 표기된 경우가 12개이다.
이후의 진술이 不貞(1개), 不正(2개), 不精(3개), 不淨(8
개), 부정(2개), 얄뫼올(1개)인 것으로 보더라도 '밋졍'은
여성의 연장을 가리킨다. 이어 화자는 기녀의 본래 주
인이 정해지지 않았으니本無定主 기녀를 탐하는探春好
花情 남성을 향해 피차일반(彼我의一般)이라며 인정하고
있다. 이러한 진술을 통해 보건대 화자는 봄을 찾아 꽃
을 즐기는 정探春好花情에 노회한 이력을 지닌 자에 해
당한다.

> 청천 하늘 구름 밖에 높이 떠 있는 흰 송골매
> 사방 천리를 지척으로만 여기는데
> 어찌하여 시궁창 뒤져먹는 오리는 제 집 문지방 넘
> 나들기를 수백 수천 리만큼 여기느냐

> 靑天구룸밧긔노피썻는白松骨이
> 四方千里를咫尺만너기는듸
> 엇더타싀궁치뒤져먹는올히는제집門地方넘나들기를
> 白千里만너기더라

여성화자는 백송골과 오리를 대비시켜 오리의 무능을 탓하고 있다. 백송골은 높이 떠서(靑天구룸밧긔노피썻ᄂ) 사방천리를 지척으로 여기는 반면 시궁창 뒤져먹는(식궁칙뒤져먹ᄂ) 오리는 자기 집 문지방 넘기를 수백 수천 리로 여길 정도라는 것이다. 오리가 원망을 받는 이유는 문지방을 넘지 않아서인데 여기서 문지방은 건축 구조의 한 부분이 아니라 여성의 연장이다.

　　내 쇠스랑 잃어버린 지 오늘까지 만 삼년이려니
　　　이리저리 하다 소식 들으니 각씨네 방안에 서 있다
　　하데
　　　가지는 쓸지라도 자루 들어갈 구멍이나 보내소

　　내 쇼시랑 일허 ᄇ린지 오ᄂᆯ조ᄎ 춘 三年이 오려니
　　　젼젼틔티 문젼ᄒ니 閣氏너 방안의 셔 잇드라ᄒᆡ
　　　柯枝란 내 쎠여 쓸지라도 ᄌ로 드릴 구멍이나 보내소

　화자가 쇠스랑을 잃어버렸다. 이후 3년이 지나서야 비로소 쇠스랑이 각씨의 방안에 자리 잡고 있는 것을 알게 되었다. 화자는 자기가 잃어버린 농기구의 소재를 알게 됐지만 상대방에게 연장의 일부분(쇠스랑의 가지)

을 그대로 사용하게 하고 나머지는 자신에게 보내달라
고 한다. 결국 잃어버린 쇠스랑은 단순히 농기구가 아니
라 가창공간에서 관습적으로 지시하는 연장과 관련돼
있었던 것이다.

대물大物, 부엉이 방귀 뀐
수상한 옹도라지 길쭉넙쭉

백화산 산머리에 낙락장송 휘어진 가지 위에
부엉이 방귀 뀐 수상한 옹도라지 길쭉넙쭉 우둘투둘
뭉글뭉글하거나 말거나 임의 연장 그렇기만 하면
진실로 그렇기만 하면 벗고 굶더라도 무슨 성가신 일
있으리

白華山上上頭에落落長松휘여진柯枝우희
부헝放氣뀐殊常흔옹도라지길쭉넙쭉어틀머틀믜뭉슈
로흐거라말고님의연장이그러코라쟈
眞實로그러곳홀쟉시면벗고굴물진들셩이므슴가싀리

여성화자는 임의 연장 그렇기만 하기를 바라고 있

다. 그렇게만 된다면 헐벗고 굶는 것에 개의치 않겠다고 한다. 화자의 바람에 해당하는 그렇게(B)는 A에 기대 이해할 수 있는데, A는 '백화산 산머리에 낙락장송 휘어진 가지 위에 부엉이 방귀 뀐 수상한 옹도라지 길쭉넙쭉 우둘투둘 뭉글뭉글'이다. 대체로 A의 의미는 휘어진 가지 위에 옹도라지가 있고 나뭇가지는 길쭉 넙죽하다이다. 그리고 B는 님의 연장이 A와 같이 됐으면 하는 바람에 해당한다. 그래서 임의 연장 그렇게는 전체적으로는 낙락장송 휘어진 가지의 모습을 띠어야 하며, 구체적으로는 부엉이 방귀 뀐 수상한 옹도라지와 유사한 요도구尿道口와 길고 넙죽한 길이와 부피, 우둘투둘 뭉글뭉글한 재질감을 지녀야 한다. 어쨌건 화자는 헐벗고 굶더라도 임의 연장 그렇게 즉 대물大物이기를 바라고 있는 셈이다.

　　대물에 대한 선호는 다음의 노래에서 확인할 수 있다.

　　석숭의 엄청난 재산과 두목지의 뛰어난 풍채라도

　　밤일을 할 적에 연장 보잘 것 없으면 꿈에서만 자리라 그 무엇이 귀할소냐

　　가난하고 풍채 보잘 것 없어도 제 물건이 묵직하여 내 물건과 꼭 맞으면 그가 바로 내 남편인가 하노라

石崇의累鉅萬財와杜牧之의橘滿車風采라도

밤일을홀저긔제연장零星ᄒ면숨자리만자리라긔무서

시貴홀소냐

貧寒코風渡ㅣ埋沒홀지라도졔거시무즘ᄒ여내것과如

合符節곳ᄒ면긔내님인가ᄒ노라

　돈이 많은 자累鉅萬財와 풍채 좋은 자橘滿車風采가
있다 하더라도 그들이 밤일을 할 때에 연장이 보잘 것
없으면 차라리 꿈속에서나 자겠다고 한다. 여성화자가
밤일을 할 때에 만나고 싶은 임은 가난하고 풍채가 형
편없더라도 묵직한 연장을 지닌 자이어야 한다. 그러나
묵직한 연장만이 능사가 아니다. 여합부절如合符節이
남녀의 연장이 딱 들어맞는 것에 머물지 않고 화자의
성적 만족도와 연계된 표현이기 때문이다. 어쨌건 여성
화자의 내님은 묵직한 연장뿐 아니라 여합부절이라는
성적 능력도 갖추고 있어야 한다.

두둑이나 무너뜨려 넓은 구멍 좁게 만들어

　언덕 무너뜨려 좁은 길 메우려 말고 두둑이나 무너

뜨려 넓은 구멍 좁게 만들어

수구문 내달아 두모포, 한강, 노량, 동작, 용산, 삼
포, 여울목으로 다니며 내리 뒤져먹고 위로 뒤져먹는
되강오리 목이 힐쭉하지 말고 목사 영감의 기생과 그
아래 여러 벼슬아치들의 술파는 계집들이 와당탕 내달
아 두 손으로 붙잡고 부르르 떠는 나의 연장이나 길쭉
했으면

진실로 그러할 것이면 사랑받는 지아비 되겠네

언덕문희여조븐길몌오거라말고두던이나문희여너른
구멍조피되야
水口門내ᄃ라豆毛浦漢江露梁銅雀이龍山三浦여흘
목으로ᄃ니며ᄂ리두져먹고치두져먹ᄂ되강오리목이힝
금커라말고大牧官女妓小各쥬탕이와당탕내ᄃ라두손
으로붓잡고부드드써ᄂ이내므스거시나힝금코라쟈
眞實로거러곳홀쟉시면 愛夫ㅣ될가ᄒ노라

초장·중장은 이해하기 힘든 부분이다. 특히 언덕을
무너뜨려 길을 메우지 말고 두덩 무너뜨려 넓은 구멍 좁
게 하라는 초장 진술이 더욱 그렇다. 그러나 다행히도
종장을 통해 중장과 초장을 재구할 수 있다. 먼저 남성

화자가 바라는 점은 사랑받는 지아비愛夫인데, 그것의
조건이 중장에 제시돼 있다. 두모포, 한강, 노량, 동작,
용산, 삼포, 여울목으로 다니며 내리 뒤져먹고 위로 뒤
져먹는 되강오리 목이 길쭉하지만 그것보다는 자신의
연장(이내므스거시)이 길쭉해져 애부愛夫가 되기를 바라
고 있다. 여기에서 '거시'는 남성 연장이다. 남성화자가
소유하고 싶은 연장은 단순히 '되강오리목'의 길이에 한
정된 게 아니라 화류계 경력이 웬만한 자들(大牧官女妓
小各쥬탕이)조차 경쟁하듯 와당탕 내달아 두 손으로 붙
잡고 부르르 떠는 모습을 할 정도로 범상치 않은 크기
와 길이를 지닌 대물을 가리킨다.

이제 초장·중장에 접근할 근거는 마련됐다. 초장과
중장은 각각 '~거라 말고~되야'와 '~커라 말고 ~코라
쟈'로 결국 'A 말고 B'의 형식으로 A이기보다는 B의 상
황이 더 낫다는 진술이다. 중장에서 화자는 오리목이
길쭉하다(A)고 진술하면서 그것보다는 내 연장이 길쭉
하기(B)를 바라고 있다. A의 일반적인 특징에 기대어 B
라는 개인의 바람을 진술하고 있듯이 초장의 '~거라 말
고~되야'도 이해할 수 있다. 초장의 A는 언덕을 무너뜨
려 길을 메우는 일이고 B는 두둑이나 무너뜨려 넓은 구
멍 좁게 하는 것이다. A가 일반적인 일에 해당한다면 B

는 화자의 바람과 결부돼야 한다. B에 해당하는 넓은 구멍 좁게 하다가 화자의 바람이라 할 때 여기서 '구멍'은 화자가 상대해야 할 여성의 연장이다. 그리고 '두덩'으로 우묵하게 들어간 땅의 가장자리에 약간 두두룩한 곳으로 곧 연장 주변부이다. 결국 이 시조를 통해 남성들이 범상치 않은 대물과 같은 연장을 소유하기를 바랐던 반면 여성들은 연장을 좁게 하려 했다는 점을 읽을 수 있다. 물론 전자이건 후자이건 남자는 '크게 하려고' 여자는 '좁게 하려'는 의도는 서로에게 성적 만족을 주기 위한 부단한 노력, 즉 여합부절如合符節을 갈망하는 남녀의 심사와 관련된 것이다.

구레나룻 그것조차 길고 넓다

얼고 검고 키 큰 구레나룻 그것조차 길고 넓다 젊지 않은 놈

밤마다 배에 올라 조그만 구멍에 큰 연장 넣어두고 흘근할적 할 때는 애정은 커니와 태산이 덮어 누르는 듯 잔방귀 소리에 젖 먹던 힘이 다 쓰이는구나

아무나 이 놈을 데려다가 백년 함께 살고 영영 아니

온들 어느 개딸년이 시새움을 하겠나

얽고검고킈큰구레나롯그것조차길고넙다쟘지아닌놈
밤마다비에올라죠고만구멍에큰연장너허두고흘근할
젹흘제는愛情은코니와泰山이덥누로는듯즌放氣소릐에
졋먹던힘이다쓰이노믹라
아므나이놈을드려다가百年同住ᄒ고永永아니온들어
닉개쓸년이싀앗새옴ᄒ리오

이 노래를 남성에 의해 일방적으로 훼손당하는 여
성의 성으로 이해하는 게 일반적이다. 화자는 남성의
큰 연장 때문에 젖 먹던 힘을 다 쓰면서 태산이 덮어 누
르는 고통을 밤마다 겪은 자이다. 하지만 문맥을 다시
헤아려보면 훼손당하는 성이 아니라 남성의 성적 능력
과 그에 따른 자신의 성적 만족에 대한 자랑이라 할 수
있다. 그것조차 길고 넓다를 통해 보건대 화자가 상대
했던 남성은 일반인보다 훨씬 큰 체격을 지녔고, 그것
조차(연장마저) 길고 넓적넓적하며 젊지 않은 나이에 밤
마다 배에 올라올 정도의 성적 능력을 소유한 자이다.
여기서 여성화자와 남성의 관계를 고려해야 하는데, 밤
마다 화자의 배에 올라(밤마다비에올라)올 수 있는 남성

이라는 점과 그가 첩을 둔 경우 화자가 이를 '남편의 첩 (싀앗)'이라 지칭한 것으로 보아 남성은 화자의 남편에 해당한다. 남편은 비록 젊지 않은 나이이지만 성적 능력이 대단했으며 남편의 큰 연장은 단어 그대로 길고 넓적넓적한 대물이었던 것이다.

조각 미역들아 뜸부기 가는 것을 보았느냐

이봐 편메곡들아 뜸부기 가는 것을 보았느냐
뜸부기 성내어 토란 같은 눈을 부릅뜨고 깨보숭이
수염을 나부끼며 감태 신 삼아 신고 다시마 긴 거리로
가는 것을 보고오라
가기는 가더라마는 형편없는 얼굴에 성의 없이 가더
구나

이바편메곡들아듬보기가거늘본다
듬보기셩내여土卵눈부릅드고께자반나롯거느리고甘
苔신사마신고고다스마긴거리로가거늘보고오롸
가기는가더라마는蕪古흔얼굴에셩이업시가드라

메곡(미역), 감태甘苔(김), 다스마(다시마)라는 해산물과 뜸부기라는 새, 토란이라는 식물이 등장하는 위의 시조는 해석하기 용이하지 않다. 하지만 선행 논자가, 뜸부기(성기) 성내어 토란눈(귀두) 부릅뜨고(발기) 깨보숭이 수염(남성의 음모) 거스리고 김을 신 삼아 신고(남성 성기의 표피) 다시마 긴 거리(여성의 음문 속으로) 가거늘 보고 오너라(성행위)이고 '蘘古흔얼굴'은 무기력한 모습이고 '셩이 업시'는 '성의誠意없이, 맥없이'라는 의미로 파악하고 있다(이문성). 결국 중장에서 자신의 성기와 성행위를 자랑하고 있는 남성에게 여성이 사정없이 면박을 주고 있는 것인데 여러 정황상 타당한 주장이다.

먼저 편메곡은 여성의 연장을 비유하는데, 미역 본래의 미끌미끌한 성질과 납작하게 펼쳐 놓은 모습은 여성 신체의 특정 부위를 연상시킨다고 한다. 3개의 가집歌集에 편메옷(片메옷), 조곽메육(助藿메육), 조곽메욱(皁藿메욱)으로 나타나는 것으로 보아 '편메곡'은 '조각미역'으로 가창공간에서 여성 연장의 겉모습을 지칭했던 것 같다. 그리고 편메곡들아에서 '들아'라는 복수형은 주연석酒宴席에 참석한 모든 기녀를 향하고 있기에 조각미역들에게 듬보기가 어디를 가서 뭐하고 있는지 보고 오라(보고오롸)는 꼴이다. 여기서 '어디'는 다시마 긴 거리인데 가집에 따라 '다스마긴 긴골노 긴긴 너분 길' '다스마 긴긴길' '青甬소혀여 건너버셧 고기넘어 다 스마긴긴골노'로 나타나는 것으로 보아 '길고 넓은 길' '기나긴 길' '길고 긴 골짝이'는 여성 연장의 구체적인 모습에 해당한다. 하지만 '다스마긴거리'에 도착한 뜸부 기는 무기력한 모습으로 성의없이(篥古흔얼굴에셩이업시) 물러나고 말았던 것이다. 어쨌건 주연석에서 여성과 남 성 상징물이 각각 편메곡과 듬보기이고 이를 구체적으 로 표현한 것이 '다스마긴거리'와 '토란' '깨자반' '감태' 였던 셈이다.

삽 뜨고 박음질과 먹은 탁주 다 토하는구나

　세상의 의복 솜씨와 규범 바느질 잘함 못함 많기도 하다
　두 줄로 누비기 크게 올뜨기 상침하기 깎음질과 새발 시침 감치질에 중국 바늘로 크게 올뜨기 그것 모두 좋 다 하겠건만
　우리의 고운 임 일등 재주 삽 뜨고 박음질이 제일인

가 하노라

世上衣服 手品制度 針線高下 허도ᄒ다
　양 樓緋 되올뜨기 샹침ᄒ기 쌈금 질과 시발스침 감
칠질에 반당침듸 읆드기 긔 다 죠타ᄒ려니와
　우리의 고은님 一等才質 삿 ᄯ고 박음질이 第一인가
ᄒ노라

옷감을 재단裁斷하고 바느질하는 솜씨가 제시돼 있
다. 온갖 기술이 있지만 '일등' '제일'의 능력을 지닌 자
는 화자의 임이다. 화자의 임은 여러 바느질 기술 중에
서 '삵 뜨고 박음질'이 단연 최고였던 것이다. 임이 제일
잘하는 '삿 ᄯ고 박음질'이 바느질 기술인 듯하지만, 익
살을 두 단어에서 나는 소리의 일원화로 규정했던 것에
기댄다면(프로이트), '삿'이 '삵' 그리고 '박음질'이 특정
행위와 연계될 수 있다. 삵(삿ᄒ)이 두 다리 사이의 사타
구니이고 그것을 들고(ᄯ고) 박음질交脚을 한다는 것이
다. 물론 '박다'라는 동사가 '박음질'로 명사화된 것도
음상사音相似에 해당하기에 익살로서 손색이 없다.

　굳세고 사나운 저 군뢰의 술주정 보소

반령단 뭄뚱이에 담벙거지 뒤로 벗어던지고 좁은 집
내근한 곳에 밤중에 달려들어 좌우로 충돌하여 밤새
도록 드나들다가 제라도 기운이 다 빠졌는지 먹은 탁
주 다 토하는구나
　아마도 술주정꾼을 잡으려면 저 놈부터 잡으리라

　셋괏고 사오나온 져 軍牢의 쥬정 보소
　半龍丹 몸똥이에 담벙거지 뒤앗고셔 좁은 집 內近혼
듸 밤듕만 들녀드어 左右로 衝突ᄒ야 새도록 나드다가
제라도 氣盡턴듸 먹은 濁酒 다 거이네
　아마도 酗酒를 잡으려면 져 놈브터 잡으리라

　지방 관아에 딸린 군뢰邏卒(나졸)가 술주정꾼으로
등장하고 있다. 복장을 제대로 갖추지 않고(담벙거지 뒤
로 벗어던지고) 골목 구석구석 다니며 밤새도록 행패를
부리다가(좌우로 충돌하여) 결국에는 기운이 다하여氣盡
먹은 술을 토했다는(탁주 다 게우는구나) 것이다. 하지만
군뢰와 그의 복장 및 행동을 교각交脚의 상황과 연계
하면 위의 노래는 음담패설에 해당한다. 군뢰의 복장과
관련하여 반령단은 좁은 소매에 둥근 깃을 단 옷盤領窄
袖에 해당하기에 남성의 연장을 가리킨다. 담벙거지는

연장의 주요 부분龜頭를 덮고 있는 포경包莖이다. 그래
서 군뢰가 한밤에 '좁은 집 내근한 곳(좁은 집 內近ㅎ듸,
여성의 연장)'에 달려들어 좌우로 충돌하는 행위가 교각
交脚이기에 주정꾼이 탁주濁酒를 게우는 행위는 사정
射精을 의미하는 셈이다.

눈 닿는 하늘가에 외로운 기러기 짝 잃은 것을 슬퍼
하고 눈을 돌려 대들보 바라보니 한 쌍 제비 둥지에서
즐김을 부러워함이로다

면 산은 무정하여 천리 바라보는 눈길을 가리고 밝은
달은 뜻이 있어 서로가 고향 그리는 마음을 비추도다

꽃은 춘삼월 기다리지 아니하고 꽃봉우리 이불 속에
서 피어나고 달은 보름이 아닌데도 베갯머리를 환히 밝
히니 임 뵈온 듯하여라

極目天涯ㅎ니 恨孤雁之失侶ㅣ오 回眸樑上에 羨雙
燕之同巢ㅣ로다

遠山은 無情ㅎ야 能遮千里之望眼이오 明月은 有
義ㅎ야 相照兩鄉之思心이로다

花不待二三之月蕊發於衾中ㅎ고 月不當三五之夜ㅎ
야 圓明於枕上ㅎ니 님 빈온 듯ㅎ여라

임과 떨어져 있는 화자에게 주변의 대상들은 외로움을 심화시키는 것들이다. 시각으로는 멀리 날고 있는 짝 잃은 기러기와 둥지에서 서로 즐기는 제비의 모습을, 청각으로는 기러기의 울음소리와 제비의 재잘거리는 소리를 포착했던 것이다. 임이 있는 쪽을 향해 바라봤건만 화자와 임이 떨어져 있는 거리만큼이나 먼 산들이 시야를 가리고 있는 듯했다. 다행히도 밝은 달이 떠서 자신이 있는 곳이든 임이 있는 공간이든 비추고 있다고 생각을 하자 화자의 마음이 한결 편안해졌다. 보름달이 아닌데도 베갯머리를 환히 밝힌다는 진술이 그것을 반영하고 있다. 그리고 '꽃봉우리 이불 속에서 피어나다 蕊發於衾中'에서 꽃봉우리는 여타의 연장 등장시조의 경우처럼 여성의 연장을 가리킨다.

위의 시조는 다음과 같이 스토리텔링 할 수 있다. 춘삼월의 보름날에 임과 다시 만나기로 약속을 한 화자는 재회일이 다가오지 않았건만 임을 그리워하고 있다. 시각과 청각이 경험한 것들이 모두 화자의 외로움과 대비되고 있었다. 외로움이 심화될수록 임과 과거에 나누었던 교각의 상황이 떠올랐고 임을 향한 연모가 더욱 강렬해졌다. 이윽고 화자는 현재의 춘정春情을 한문漢文에 기대 은유적으로 표현했던 것이다.

아흔아홉 먹은 늙은이 막걸리 취하게 먹고

주연석酒宴席에서 연장 등장시조를 경험했던 자들이라도 노랫말이 음탕하고 뜻과 지취가 보잘 것 없어 족히 본받을 만하지 못하다는 만횡청류에 대한 평가에 동의할 만큼 그들도 인간의 기본욕구를 억제하는 교양을 지니고 있었다. 즉 가창공간에서 원초적인 것을 추종하되 마음 한켠에서는 지나친 음탕함을 배척하려는 내부의 검열이 작동되었다는 것이다. 이른바 음담패설에 형식적 조건을 요구하는데, 예컨대 듣는 사람은 느슨하게 연관되어 있는 것들을 자신의 표상 속에서 완전하고도 직접적인 음담패설로 재구성해내고 음담패설로 직접 표현되는 것과 듣는 사람에게서 그로 인해 자극되는 것 사이의 불균형 관계가 커질수록 농담은 더욱 세련된다는 지적이 그것이다(프로이트). 연장이란 표현이 노래에 전혀 등장하지 않지만 듣는 자(청자)가 노골적 외설로 재구성하는 경우, 세련된 음담패설에 해당한다. 가창공간의 관습적 표현에 익숙한 사람이라면 연장과 무관한 진술을 연장과 결부해 재구해 내는 일은 어려운 것이 아니다. 그래서 이러한 세련된 농담은 진지한 발화(근엄; 평시조)에서 허튼소리(멋과 흥; 사설시조) 쪽으로 이동하는 가창공간의 노래부르기 단계에서 근엄의 마지막이나 '멋과 흥'의 앞부분에 위치하게 된다.

그래서 늙음과 관련한 일상적 진술에 해당하는 다음의 노래도 다른 해석이 가능하다.

> 아흔아홉 먹은 늙은이 막걸리 취하게 먹고
> 납작하고 좁은 길에 이리로 비뚝 저리로 비척 비뚝비
> 척 비틀대며 걸을 때 웃지마라 청춘 소년의 아이놈들아
> 우리도 젊었을 때 마음이 어제인듯 하여라

> 아흔아홉곱머근老丈濁酒걸러醉케먹고
> 납죡됴라흔길로이리로볏독져리로볏쳣뷕독볏쳑뷔거
> 를적의웃지마라져靑春少年아히놈들아
> 우리도少年젹ᄆᆞ음이어제론듯ᄒᆞ여라

술 먹은 노인이 비틀대며 길을 가다가 청춘소년 아이들에게 우리도 젊었을 때 마음이 어제인 듯하다고 말한다. 언뜻 보기에 세월의 무상함이나 인간의 유한성을 떠올리게 하는 시조이다. 하지만 연장 시조를 재구했던 것과 가창 참석자들의 심리에 기대어 본다면 위의 노래는 다른 접근이 필요하다. 먼저 납작하고 좁은

길은 '다시마 긴긴 거리'나 '다시마 길고 긴 넓은 길'처럼 여성 연장을 가리킨다. 그리고 '이리로 비뚝 저리로 비척'은 음주 상태에서의 걸음걸이와 관련된 게 아니라 무기력한 모습으로 성의없이(業古혼얼굴에셩이업시) 돌아가는 똠부기의 또 다른 모습 즉 무기력한 '연장의 상태'를 가리키는 의태어에 해당한다. 이러한 해석은 노랫말이 '음탕하고 뜻과 지취가 보잘 것 없어 족히 본받을 만하지 못하'다는 만횡청류의 특성에 부합되는 것이기도 하다. 물론 연장 시조가 가창될 때, 쾌감을 느끼는 자가 청자이며 그들도 쾌감을 비판에 의해 사라지지 않도록 보호하려는 경향을 지닌다는 점과 평범한 듯한 진술이 청자에 의해 음담패설로 재구되는 경우 '입으로 외우고 마음으로 즐거워하'는 '세련된 음담패설'로 변모한다는 점에서 위의 노래를 노화와 관련한 일상적 진술로 파악하는 데에서 벗어날 수 있다.

세련된 음담패설이 가창공간에서 호응을 얻었다는 점은 가집歌集의 수록 횟수를 통해 확인할 수 있는데, 늙음을 한탄하는 것으로 읽히기 쉬운 '납작하고 좁은 길'과 관련된 「아흔아홉 먹은 늙은이~」는 17개, 음상사音相似라는 익살의 방법에 기댄 「세상의 의복 솜씨와 규범 바느질~」이 12개, 춘정春情을 은유적으로 한문

漢文으로 표현한 「눈 닿는 하늘가에 외로운 기러기~」가 20개이다. 한편 남녀의 연장을 노골적으로 표현한 「이봐 편메곡들아 뜸부기~」가 4개, 남성의 연장을 지나치게 과장적으로 표현한 「언덕 무너뜨려 좁은 길 메우려~」가 3개, 남성 연장의 사정射精 과정을 드러낸 「굳세고 사나운 저 군뢰의 술주정~」이 2개인 것을 통해 확인할 수 있다. 세련된 농담과 관련된 노래가 가집에 수록되는 비율이 높은 것은 소리판의 심미적 수용력 한계와 밀접한 관련이 있다(김흥규). 예컨대 가창공간에 참여한 자들이 저항감이나 불쾌감 없이 어떤 작품의 미학적·소재적·주제적 특이성을 받아들이고 즐길 수 있는 한계를 고려해야 한다는 것이다. 사설시조에 등장하는 갖가지 누추한 소재와 그것을 기형적으로 표현하여 기존의 근엄한 규범을 깨뜨림으로써 독특한 미적 효과를 획득했다는 점은 누구나 공감하는 부분이다. 이러한 파탈의 기능이 양반 또는 중인층의 점잖은 가창공간에서 일부 필요했다는 견해에도 수긍할 만한 점이 있지만 카니발의 특별한 광란이 아닌 일탈성의 정도에도 어떤 한계가 있을 수밖에 없기 때문이다.

댁들에 등메자리 사시오 저 장사꾼아 네 등메 좋으

냐 사자

　한 필 싼 등메에 반 필 값 받겠는가 팔게 내 좃 자시
소 아니 팔겠네

　진실로 그리 팔 것이면 첫말에 아니 팔았겠소

　宅들에 자랏 등믜 사소 져 장사야 네 등믜 됴흔냐
스자

　한匹 싼 등믜에 半匹 바드라는가 파네 내좃자소 아
니 파닉

　眞實노 그러ᄒ여 풀거시면 첫말에 아니 풀라시랴

　돗자리를 사려고 흥정을 하고 있다. 구매자가 가격
을 후려쳐 반값에 사려하자 장사꾼이 '내좃자소 아니
파닉(내 좃 자시소 아니 팔겠네)'라고 대꾸한다. 장사꾼의
응대한 내용은 프로이트의 농담의 단계(놀이-익살-악의
없는 농담-경향성의 농담) 중에서 어느 것에도 해당하지
않는다. 같은 소리 등에서 비롯되는 쾌락효과(익살)나
두 단어에서 나는 같은 소리라는 음상사音相似(익살)도
발견할 수 없다. 그저 흥정을 깨뜨리는 욕설일 뿐이다.
시조의 가창공간에 술과 음악이 구비돼 있다 하더라도
단순한 욕설 혹은 당황스러움을 던지는 소재가 인기

있는 레퍼터리가 될 수 없었다. 위의 노래가 1개의 가집에 전하고 있는 것도 우연이 아니다.

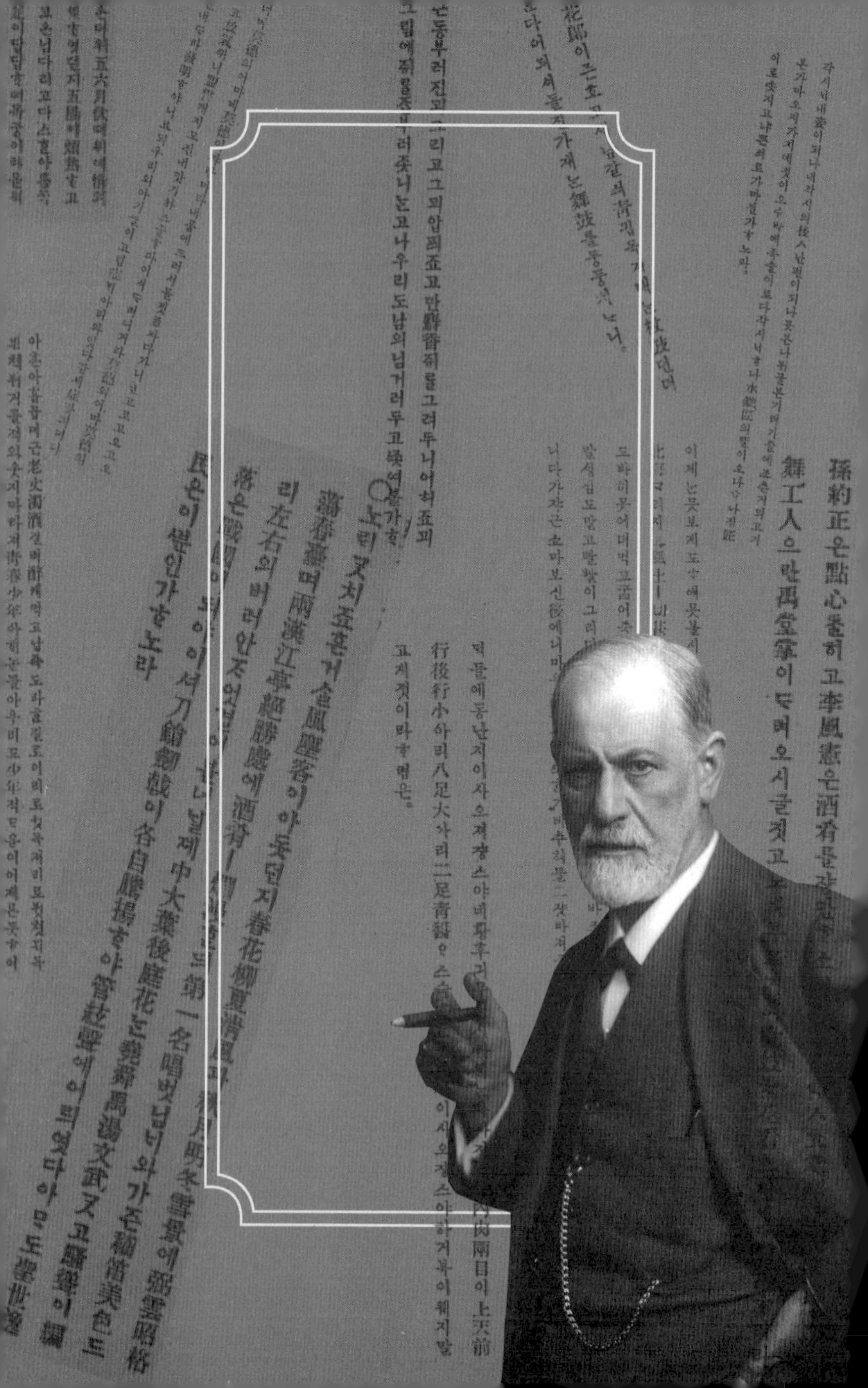

• 다섯째 노래 •

임이 짐작하소서
유형의 시조

    초장과 중장에 현실세계에서는 일어날 수 없는 상
황을 제시한 후 종장에 이르러 '님이 짐작하소서'로 끝
나는 시조들이 상당수 존재한다. 이런 유형이 문헌에
비로소 등장한 것은 『고려사』 악지의 「사룡」(충렬왕 재
위기간)에서부터이다. 이후 정철(1536~1593)의 『송강가
사』와 서포 김만중(1637~1692)의 악부시樂府詩, 그리고
『청구영언』(1728)을 비롯한 여러 가집류에서 확인할 수
있다. 뱀이 용의 꼬리를 물었다거나 5~6월에 겨울 날씨
로 변했다거나 혹은 바다에 빠진 바늘을 찾았다는 등
어불성설語不成說의 상황과 결부된 진술들이 그것이
다. 누가 들어도 뻔한 거짓말에 대해 임이 짐작하라고
마무리되는 진술들이 시간적 거리를 두고 있지만 각각
의 노래들이 가창공간에서는 유사한 기능을 했다. 「사
룡」과 사설시조의 가창공간에는 술과 안주가 구비되어
있고 기녀와 악공들이 참석하고 있었기에 해당노래의

기능 또한 유사했다는 것이다.

임이 짐작하소서 노래의 가창공간

다음은 『고려사』에 전하는 「삼장」과 「사룡」의 가창
공간이다.

> 삼장사에 등불 켜러 갔더니
> 스님이 내 손목 잡더라
> 이 말이 절 밖에 퍼지면
> 상좌, 너의 말이라 하겠네(「삼장」)

> 뱀이 용의 꼬리를 물고
> 태산 기슭을 지나간다 하네
> 만인이 저마다 한 마디씩 하지만
> 짐작은 두 마음에 있네 (「사룡」)

이상 두 노래는 충렬왕대에 지어진 것이다.…諸道에
행신을 보내서 관기로 자색과 기예가 있는 자를 고르
고 또 城中에 있는 관비와 무당으로 가무를 잘하는 자

를 골라 宮中에 등록해서…따로 한 隊를 만들어 男粧
이라 칭하여 이 노래를 가르쳤다敎閱此歌. 소인 무리들
과 더불어 밤낮으로 이런 가무를 하고 음탕하게 놀아
서 군신의 예절을 찾아 볼 수 없었다. 여기에 주는 경비
와 상 주는 비용은 일일이 기록할 수 없으리만큼 많았
다.(『고려사』)

다음은 『청구영언』에 전하는 시조이다.

조그만 뱀이 용의 꼬리를 담박 물고
높은 봉우리 험한 고개를 넘어갔다는 말이 있는데
온 사람이 온 말을 하여도 임이 짐작하시오

됴고만 비얌이라셔 龍의 초리 듬박이 물고
高峰峻嶺을 넘단말이 잇ᄂ이라
왼 놈이 왼 말을 하여도 님이 짐작 ᄒ시소

『고려사』의 기록을 통해 보건대 「사룡」과 「삼장」은
참언讒言과 관련된 노래가 아니다. 「사룡」과 「삼장」은
밤낮으로 가무를 하고 음탕하게 놀아서 군신君臣의 예
절을 찾아 볼 수 없었던 공간에서 가창되었다. 「삼장」

의 경우, 삼장사라는 공간에서 신앙행위에 충실해야 할 주지승이 난데없이 여인의 손목을 잡은 것과 그것이 소문이 났을 때 동자승에게 책임을 돌린 일은 승려의 파계破戒에 초점이 있는 게 아니라 가창공간의 분위기를 돋우거나 유지·고조시키는 기능과 관련돼 있다. 금욕을 수행해야 할 주지승이 여자의 손목을 잡는 행위, 곧 사이비 성자의 가면이 벗겨지는 것을 볼 때에 느껴지는 쾌감은 아주 비정한 것이 아니며 또 이때에 나오는 웃음은 정당하며, 우스꽝스러움이란 예전에는 존중되던 것이 하찮고 천하게 바뀔 때 생긴다는 지적(N.하르트만, 앙리베르그송)을 통해서도 「삼장」이 가창됐을 때의 공간의 분위기를 짐작할 수 있다. 그리고 이완된 분위기는 더욱 이완된 쪽으로 이동하여 성적性的인 경향과 결부되는데 「삼장」 노랫말에 '그 자리에 나도 자러 가리라 그 잔 데처럼 지저분한 게 없다(긔 자리예 나도 자라 가리라/긔 잔듸ㄱ티 덦거츠니 업다)'라는 내용을 첨가시켜 놓은 고려속요 「쌍화점」은 그러한 기능이 더욱 강화된 노래였다. 결국 「삼장」이 주지승의 파계행위를 폭로하는 데 목적이 있었던 게 아니라 공간의 분위기를 고조·유지시키는 기능을 한 만큼 동일한 공간에서 가창된 「사룡」 또한 밤낮으로 가무歌舞를 하고 음탕하게 놀아서 군신의 예절을 찾아 볼 수 없었던 상황에서 가창된 노래이다. 여기에 술자리의 경비와 상으로 주는 비용이 일일이 기록할 수 없으리만큼 많았다는 기록으로 보건대, 「삼장」과 「사룡」은 참언과 무관하게 가창된 노래였다. 물론 시조의 가창공간이 주연석酒宴席이나 풍류장風流場이 대부분이었기에 『청구영언』에 전하는 「조그만 뱀이 용의 꼬리를~」도 「사룡」과 동일한 기능을 했기 마련이다.

오뉴월 정오에 얼음 얼고 서리 치고 눈 뿌리고

수미산 서너 바퀴 감아 돌아 휘감고 돌아

오뉴월 정오 지나서 살얼음 집힌 위에 찬 서리 섞어

치고 자취눈 내렸거늘 보았느냐 임아 임아

온 사람이 온 말을 하여도 임이 짐작하시오

심의산 세네 바희 감도라 휘도라

五六月 낫계즉만 살얼음 지핀 우희 즌서리 섯거 티

고 자최눈 디엇거늘 브앗는다 님아님아

온 놈이 온 말을 ᄒ여도 님이 짐쟉ᄒ쇼셔

위의 시조는 정철(1536~1593)이 지었다. 5~6월 정오에 얼음이 얼고 서리치고 눈 뿌리는 기상이변에 대해 '온 놈의 온 말'을 하여도 임이 눈으로 직접 확인하지(브 앗는다) 않았으니 그들의 말을 믿지 말라는 것이 화자의 호소이다. 이것은 조그만 뱀이 용의 꼬리를 담박 물고 험한 고개를 넘어갔다는 말에 대해 '왼 놈이 왼 말을 하여'도 임이 짐작하라는 「사룡」을 방불케 한다. 5~6 월에 겨울 날씨가 나타나는 기상이변을 직접 보지 못한 이상 믿지 말라는 호소나 하찮은 대상이 큰 대상을 입에 물고 어디를 넘어갔다고 하는 사람들의 말을 믿지 말라는 것이나 그 중심에는 인간의 언어생활과 함께 배태된 말조심, 즉 참언讒言에 대한 경계가 자리 잡고 있다. 그러나 정철의 「수미산 서너 바퀴 감아~」를 가창공간과 결부시키는 경우 다른 해석이 가능하다. 노랫말이 음탕하고 뜻과 지취가 보잘 것 없어 족히 본받을 만하지 못하다는 '만횡청류'에 수록돼 있는 이 노래는 참언에 대한 경계가 아니라 허튼 소리로 이해해야 한다는 것이다. 「사룡」을 노랫말에 국한시키면 참언에 대한 경계이겠지만 그것이 주효가 구비된 공간에서 일정한 기능을 했듯이 「수미산 서너 바퀴 감아~」도 마찬가지이다. 물론 「수미산 서너 바퀴 감아~」을 얹어 부르던 악곡이 만횡청류蔓橫清類나 롱弄이었던 점에서도 이를 확인할 수 있다.

대천 바다 한 가운데에서 바늘 건져 올렸다네

대천 바다 한 가운데 중침 세침 빠지거다

여나문 사공이 한 길 넘는 상앗대를 끝까지 둘러메어 일시에 소리치고 귀 꿰어 냈다는 말이 있소이다 임아 임아

온 놈이 온 말을 하여도 임이 짐작하소서

大川바다 흔가온듸 中針細針 싼지거다

열아믄 沙工이 길남은 沙於쌔를 끗가지 두러메여 一時에 소릭치고 귀 쎄여 내단말이 이셔이다 님아님아

왼놈이 왼말을 ᄒ여도 님이 斟酌ᄒ소셔

'대천바다도 건너보아야 한다'는 속담처럼 대천바다는 특정지역이 아니라 일반적으로 넓은 바다를 지칭한다. 바다에 바늘이 빠지는 일이 생기겠지만 그것을 찾는 과정이 합리적이지 않다. 만약에 그런 경우가 발생

하면 바늘 찾는 것을 포기하는 게 상책이다. 하지만 열 명 정도가 동원되어 사람의 키가 넘는 상앗대로 일시에 소리치면서 바늘귀를 꿰어내었다는 온 놈의 온 말이 타당한지 임이 짐작하라고 한다. 실현 불가능한 상황을 설정한 후 임에게 짐작하라는 투는 「사룡」이나 「조그만 뱀이 용의 꼬리를~」와 모두 동일하지만 각각의 노래가 가집에 수록된 횟수를 살펴보면 4개(「조그만 뱀이 용의 꼬리를~」)인데 비해 위의 노래 「대천 바다 한 가운데~」는 28개일 정도로 수록 비율이 월등히 높다. 「대천 바다 한 가운데~」가 주연석酒宴席의 참석자들에게 인기가 있었는데 이는 임이 짐작하소서 시조의 역할에서 비롯된 것이기도 하다.

종기 난 불개미가 범의 허리를 물고 가네

　개미 불개미 잔등 똑 부러진 불개미

　앞발에 피부병 나고 뒷발에 종기 난 불개미가 광릉의
심재를 넘어들어 쉰범의 허리를 가로 물어 추켜들고 북
해를 건넜다 말이 있소이다 임아 임아

　온 놈이 온 말을 하여도 임이 짐작하소서

기얌이 불기얌이 즌등 쏙 부러진 불기얌이

압발에 정종 나고 뒷발에 종긔 난 불기얌이 廣陵싑

지 넘어 드러 가람의 허리를 가로 믈어 취혀 들고 北海

를 건너단 말이 이셔이다 님아 님아

왼놈이 왼말을 ᄒᆞ여도 님이 斟酌 ᄒᆞ소셔

불개미가 칡범의 허리를 물고 북해를 건넌다는 말
에 대해 화자는 임에게 짐작하라고 한다. 믿지 못할 상
황을 제시한 후 임이 판단하라는 위의 진술은 「사룡」
의 부분적 변형이지만 진술의 의미는 동일하다. 개미가
칡범의 허리를 물고 북해를 건넌다는 진술만으로도 거
짓을 직감할 수 있지만, 위의 노래에 등장하는 개미는
잔등 쏙 부러지고 피부병과 종기에 시달리고 있기에 온
놈이 온 말은 짐작할 필요도 없이 거짓이다.

천지 간에 이런 답답함이 또 있겠나

옥에는 티가 있지만 말만 하면 다 임이신가

내 안 뒤집어 남 보이고 천지 간에 이런 답답함이 또

있는가

온 놈이 온 말을 하여도 임이 짐작하소서

玉의는 틔나 잇너 말곳ᄒ면 다 님이신가
너 안 뒤혀 남 못뵈고 天地間의 이런 답답흠이 또 인
는가
왼 놈이 왼 말을 ᄒ여도 님이 斟酌ᄒ시소

임이 짐작하소서의 시조들과 종장만 동일할 뿐 기상이변이나 실현 불가능한 진술이 등장하지 않는다. 화자는 버선목 뒤집듯이 자신의 속마음을 보이고 싶지만 그럴 수 없는 처지라며 주변의 상황에 대해 임에게 짐작하라고 청하고 있다. 온 놈이 온 말을 하는 상황에서 자기의 마음속을 그대로 드러낼 방법이 없어 몹시 답답해하는 자라면 누구이건 화자에 해당할 수 있다. 하지만 초장을 통해 보건대 화자는 옥玉의 특성과 긴밀하면서 '왼 놈이 왼 말'에 쉽게 상처받거나 임과 대등하지 못한 상태에 있던 자이다. 게다가 '말만 하면 다 임'이라는 표현에서 '만'이 강세조사이기에 '말만하면 모두가 임'이란 뜻이고, 여기서 '임'이 가집에 따라 서방書房이 24개, 남편이 4개로 나타나기에 임의 처지는 일반 아낙이 아니라 기녀에 가장 가깝다. 옥玉이 화려하되 깨지거나 손상받기 쉬운 대상이고 옥에 티가 있는 경우 말 그대로 '말만하면 모두가 임'이 될 수 있기에 그렇다. '말만하면 모두가 임'이 될 정도로 옥에 티가 있는 기녀가 화자인 경우, 온 놈이 온 말을 하는 것은 자신에게 너무나 가혹한 일이다. 왼 놈의 왼 말이 자신에게 불리한 진술이었다면 그 고통은 더욱 클 수밖에 없다. 그래서 화자가 버선목을 뒤집어 임에게 보이고 싶을 정도로 답답한 처지에 있으면서도 '왼 놈의 왼 말'이 자신과 무관하다며 임의 판단에 자신을 맡겼던 것이다. 남자들의 마음을 설레게 했던 황진이조차 "내 언제 무신無信하여 님을 언제 속였길래/달 기운 깊은 밤에 오려는 뜻 전혀 없나/가을바람 지는 잎 소리야 난들 어이 하리오"로 진술할 정도로 임과 대등할 수 없었다고 할 때 옥에 티가 있는 기녀인 경우 '왼 놈의 왼 말'은 너무 가혹한 형벌이기도 하다. 부안 기생 매창梅窓도 이런 상황에 처해 있을 때, "잘못이 없다 하더라도 뜬소문이 돌면 여러 사람들이 무섭기만 하지誤被浮虛說 還爲衆口喧 차라리 병을 핑계로 사립문 닫는다抱病掩柴門"고 진술했듯이 온 놈이 온 말을 하는 곧 뜬소문浮虛說은 기녀에게 가장 가혹하고 민감한 것이었다.

시조에서 기녀 화자의 진술은 남성과 달리 수동적

이고 종속적인 경향이 짙다. 이런 특징은 작자가 지닌 한계가 아니라 화자의 애정과 관련된 진술이 수동적이기를 바라는 남성들과 관련돼 있다. 이것은 기녀의 기능과 남성들의 바람이 맞물려 있어서인데, 예컨대 기녀가 기명妓名을 사용하는 것은 그녀들이 상대해야 할 남성들의 성씨姓氏와 충돌하는 것을 방지하기 위해서이듯 애정 관련 진술의 수동적 경향도 이와 마찬가지이다. 기녀 화자의 진술이 주도적으로 사랑을 성취하는 능동적 성향을 띠는 것보다 사랑에 실패하여 수동적 상태에서 괴로워하는 모습을 가창공간에 참석한 남자들이 선호했다는 것이다. 결국 '왼 놈의 왼 말'에 고통을 받는 「옥에는 티가 있지만~」의 화자가 남성들에게 각광받을 만한, 혹은 인기 있는 레퍼터리를 진술했기에 해당 노래가 30개의 가집에 수록될 수 있었던 것이다.

풍류장과 무관하게 임이 짐작하소서를 재해석한 경우

서포 김만중(1637~1692)은 『고려사』에 전하는 「삼장」과 「사룡」을 소개한 후 그것을 악부시樂府詩 2편으로 풀이했다.

삼장 사룡의 두 노래는 고려 충렬왕 때 지은 것이다. 그 노랫말은 (…) 그 말이 비록 이어(俚)이지만 자못 예스런 뜻이 있어 이제 문득 기대어 연의한다. (…) 악부 2는 옥과 돌이 정해진 바탕이 없고 곱고 추함도 정색은 아니네 옥이나 돌은 사람 말하기 나름이고 곱고 추함도 임의 눈에 달렸네 해와 달이 본래 빛나고 밝지만 참소의 말은 자연히 꺼풀을 이룬다네

三藏有蛇二歌 出於高麗忠烈王時 其詩曰 (…) 其語雖俚而殊有古意 今輒擬而稱演之云(…) 其二 玉石無定質 姸媸無正色 玉石在人口 姸媸在君目 日月本光明 讒言自成膜

서포가 지은 악부시 2편은 「삼장」과 「사룡」에 대한 풀이에 해당한다. 서포는 「삼장」과 「사룡」을 각각 소개한 후 자신이 악부 1과 2를 짓게 된 동기를 "그 말이 비록 이어(俚)이지만 자못 예스런 뜻이 있어 이제 문득 기대어 연의한다其語雖俚而殊有古意 今輒擬而稱演之云"고 밝히고 있다. 여기에서 '예스런 뜻古意'은 유교세계에서

의 진眞과 밀접한 관련을 가진 의미이거나, 진실을 왜곡하고 있는 사람들의 말에 대한 경계 혹은 '오해와 참언 사회적 평가와 감시의 눈에 대한 대처 방식'일 수 있다. 특히 「사룡」이 오해에 대한 석명의 상투어법으로 민간에 광범위하게 발견할 수 있는 말투일 정도로 이러한 방식으로 짜여진 시조가 많이 산견되기에 '고의古意'에서 '고古'는 서포 악부나 「사룡」 이전에 인간이 언어생활을 하던 시기로 소급시킬 수 있다. 실제로 "군자는 한마디 말로 지혜롭다고 여기기도 하고, 한마디 말로 지혜롭지 못하다고 여기기도 하니, 말은 신중하지 않으면 안 된다君子一言以爲知 一言以爲不知 言不可不愼也(『논어』「자장」)"처럼 말을 조심하는 것은 어느 시대이건 중요한 문제였다. 세 사람이 말하면 저자에 범이 나왔다 해도 곧이 듣는다(『중종실록』 7년 2월 12일)거나 헛소문이 세 번 들리니 어머니마저 도망간다(『숙종실록』 5년 2월 13일)는 속담이나, 증삼曾參의 어머니가 자신의 자식이 사람을 죽였다는 말을 세 번 듣고 비로소 베틀의 북을 내던지며 일어났다는 '투저投杼'라는 고사도 '고의古意'에 다가갈 수 있는 한 사례이다. 이는 서포가 「사룡」을 재해석하여 지은 악부 2를 통해서도 확인할 수 있다.

옥과 돌이 정해진 바탕이 없고

곱고 추함도 정색은 아니네

옥이나 돌은 사람 말하기 나름이고

곱고 추함도 임의 눈에 달렸네

해와 달이 본래 빛나고 밝지만

참소의 말은 자연히 꺼풀을 이룬다네

玉石無定質 姸蚩無正色 玉石在人口 姸蚩在君目 日

月本光明 讒言自成膜

일어날 수 없는 이야기를 남들이 하더라도 거기에
동조하지 말 것을 당부하는 '짐작은 두 마음에 있다斟
酌在兩心'가 「사룡」의 주제이듯 악부 2도 이와 유사하
다. 옥석玉石을 가리는 판단은 사람의 입에 달려 있고,
곱든 밉든 임의 눈에 있다 하며 해와 달이 빛나는 것은
명확한 사실이지만 그 빛을 가리는 꺼풀成膜이 있으면
그 빛을 알 수 없으니 「사룡」의 경우처럼 '짐작재양심斟
酌在兩心'하라는 것이다. 물론 꺼풀을 이루는 것은 구
체적으로 '참소의 말讒言'이기 때문에 악부 2는 「사룡」
의 주제와 거리를 두고 있는 셈이다.

　하지만 '임이 짐작하소서'로 끝나는 유형들의 시

작과 끝을 나열하면, 『고려사』 악지의 「사룡」(충렬왕 재위기간)→정철(1536~1593)의 『송강가사』→서포(1637~1692)의 악부樂府→『청구영언』(1728) 사설시조의 순서이다. 풍류장 혹은 가창공간의 상황을 전혀 고려하지 않으면 '임이 짐작하소서'로 끝나는 유형들은 모두 서포의 악부처럼 읽어내야 할 것들이다. 참언讒言으로 규정지을 수 있다는 것이다. 하지만 서포가 「삼장」과 「사룡」에 대한 풀이를 자기 나름대로 재해석을 한 것일 뿐, 그것이 '임이 짐작하소서' 유형의 시조를 이해하는 방법은 아니다. '임이 짐작하소서' 유형은 정철이 지은 것처럼 「수미산 서너 바퀴 감아 돌아~」로 해석해야 가창공간에 걸맞은 노래가 되는 것이다.

孫約正은點心호고 李風憲은酒肴를

舞工人으란禹堂掌이드려오시글것고

• 여섯째 노래 •

각씨네 시조

　『역대시조전서』에서 초장이 각씨네~로 시작하는 시조가 13수, 중장·종장에 각씨가 등장하는 시조 13수, 도합 26수가 각씨네~ 계열 시조이다. 이들 중에서 작자가 밝혀진 경우가 6수인데 이정보(1693~1766)의 2수(평시조), 김수장(1690~?)의 2수(평시조 1, 사설시조 1), 신헌조(1752~1807)의 1수(사설시조), 이정신(1694~1776)의 1수(평시조)가 그것이다. 작자를 확인할 수 있는 각씨네~ 계열은 사설시조와 평시조가 각각 2수와 4수인 셈이다.

작자를 알 수 있는 각씨네

　이정보(1693~1766)는 문인으로서는 좋은 가계에서 태어났다. 실제로 그의 집안 4세대에 걸쳐 문병文柄을 잡았는데 이는 조선 개국 이후 없었던 일이었다고 한다.

각씨네 꽃을 보소 피는 듯 시드니

얼굴이 옥 같은들 청춘을 매었을까

늙은 후 문 앞이 영락하면 뉘우칠까 하노라

閣氏네 곳을 보소 픠는 듯 이우는이

얼굴이 玉굿튼들 靑春을 믹얏실까

늙은 後 門前이 冷落흐연 뉘웃츨싸 ㅎ노라

사람이 되지 말고 석상의 오동나무 되어

속이 파인 자명금이 되어

각씨님 비단 무릎 위에서 교태로운 말 많이 하리라

사룸이 되지말고 石上에 梧桐되야

속이 궁그려 自鳴琴이 되야이셔

閣氏님 羅裙勝上에 百盤嬌語ㅎ리라

　　「각씨네 꽃을 보소~」의 각씨는 화사한 꽃과 눈부신
옥玉에 견줄 정도로 젊은 여자이다. 그런 여자에게 세
월이 비켜가는 일이 없다고 진술하고 있는 듯하지만 한
번 피면 곧 지는 꽃과 한 번 깨지면 쓸모없는 옥이란 단
어에 기댄 점, 그리고 늙은 후 문 앞이 영락하면 뉘우칠

것이란 점에서 화자가 지칭하는 각씨는 일반 아녀자가 아니라 기녀에 해당할 여자이다. 기녀는 현재 옥 같은 얼굴과 꽃 같은 자태를 뽐내고 있기에 그의 집은 영락冷落이란 표현과 반대되는 문전성시門前成市의 상태이다. 「사람이 되지 말고~」의 각씨 또한 자명금, 비단치마, 교태로운 말과 친연한 기녀이다. 화자는 오동나무 재질의 가야금 되어 각씨님의 비단치마羅裙 무릎 위膝上에서 교태로운 말嬌語을 하고 싶어 한다.

김수장(1690~?)은 호걸군자로서 노래의 법통을 얻어 뜻과 기개가 아주 속되지 않았던 서리書吏 출신으로 가난 속에서도 가객들과 교류할 정도로 풍류를 즐겼던 자이다. 그래서 그에 대해 가악의 즐김 그 자체가 생활의 전부였고, 그런 생활에 도취하고 그런 생활을 자긍하던 가객이었다고 평가하기도 했다.

절충장군 용양위부호군인 나를 아느냐 모르느냐
　내 비록 늙었으나 노래하고 춤을 추고 남북한 놀이
갈 때 떨어진 적 없고 장안 기생들 풍류처에 아니 간 곳
없는 나를
　각씨네 그렇게 어수룩하게 보아도 하룻밤 겪어보면
많은 애부들 가운데 으뜸 되는 줄 알리라

折衝將軍 龍驤衛副護軍 날을 아는다 모로는다

닉 비록 늙엇시나 노릭춤을 추고 南北漢놀이 갈쩨
써러진적 업고 長安花柳 風流處에 안이 간 곳이 업는
날을

閤氏네 그다지 숙보와도 ᄒ롯밤 격거 보면 數多ᄒ 愛
夫들에 將帥ㅣ될줄 알이라

터럭은 희었어도 마음은 푸르렀다
꽃은 나를 보고 태態없시 반기건만
각씨네 무슨 탓으로 눈흘김은 어쩌나

터럭은 희엿서도 마음은 푸르럿다
곳은 날을 보고 態업시 반기건을
閤氏네 므슨 타스로 눈흙임은 엇쩨요

각씨들이 여러 층이더라 송골매도 같고 줄에 앉은
제비도 같고 꽃동산 속의 두루미도 같고 녹수 물결의
비오리도 같고 땅에 퍽 주저앉은 솔개도 같고 썩은 등
걸에 부엉이도 같구나 그래도
다 각각 다른 임의 사랑이니 모두 뛰어난 미인들인가
하노라

갓나희들이 여러 層이오레 松骨미도 갓고 줄에 안즌
져비도 갓고

百花園裡에 두루미도 갓고 綠水波瀾에 비오리도 갓
고 짜히 퍽 안즌 쇼로기도 갓고 석은 등걸에 부헝이도
갓데 그려도

다 各各 님의 스랑인이 皆一色인가 ᄒᆞ노라

「절충장군~」과 「터럭은 희었어도~」는 김수장의 노
년기 시조이다. 화자가 늙었기에 각씨에게 눈흘김을 당
하고 있는 상황이다. 그러나 자신이 비록 늙었지만 장
안 기생들 풍류처에 가지 않은 적 없을 정도로 마음은
푸르렀기에 하룻밤 겪어보면 많은 애부들 가운데 으뜸
일 수 있다고 한다. 이렇듯 장안화류 풍류처에 안 간 곳
이 없는 작자의 이력은 「각씨들이 여러 층~」처럼 각씨
(갓나희)를 조류의 특성에 기대어 설명한 것에서 확인할
수 있다. 송골매, 제비, 두루미, 비오리, 솔개, 부엉이라
는 새와 그들을 수식하는 단어가 다르다 하더라도 그들
모두 임의 사랑에 관해서는 모두 뛰어난 미인皆一色들
이었던 것이다. 위의 노래에 나타나는 각씨는 모두 기녀
에 해당한다.

신헌조(1752~1807)가 지은 노래는 『봉래악부』에 수

록돼 있다. 봉래라는 명칭은 작자가 강원도 관찰사를 지낸 것에서 유래된 듯하다. 그는 강원도관찰사, 병마수군절도사, 원주목사 등을 지냈다.

각씨네 더위들 사시오 이른 더위 늦은 더위 여러 해 묵은 더위

오뉴월 복더위에 정든 님 만나서 달 밝은 평상위에 칭칭 감아 누웠다가 무슨 일 하였던지 온몸에 열이 나고 가슴이 답답하여 구슬땀 흘리면서 헐떡이는 그런 더위와 동짓달 길고 긴 밤에 고운 님 품에 안겨 따뜻한 아랫목과 두꺼운 이불 속에 두 몸이 한 몸 되어 그렇게 이렇게 하니 팔과 다리가 답답하고 목구멍이 탈 때에 윗목의 차가운 숭늉을 벌컥벌컥 들이키는 더위 각씨네 사려고 하거든 마음내키는 대로 사시오

장사꾼아 네가 파는 더위 여럿 중에서 님과 만난 두 더위는 누구 아니라도 좋아하지 않겠느냐 남에게 팔지 말고 부디 나에게 파시오

閣氏네 더위들 사시오 일은 더위 느즌 더위 여러 희 포 묵은 더위

五六月 伏더위에 情에 님 만나이셔 둘 블근 平牀우

희 츤츤 감겨 누엇다가 무음 일 ㅎ엿던디 五臟이 煩熱
ㅎ여 구슬쏨 들니면셔 헐덕이ᄂᆞᆫ 그 더위와 冬至둘 긴긴
밤의 고은님 픔의 들어 ᄃᆞ스ᄒᆞ 아룸목과 둑거온 니블속
에 두몸이 흔몸되야 그리져리ᄒᆞ니 手足이 답답ㅎ고 목
굼기 타올적의 웃목에 츤 슉늉을 벌덕벌덕 켜ᄂᆞᆫ 더위
閣氏네 사려거든 所見대로 사시옵소

  쟝ᄉᆞ야 네 더위 여럿듕에 님 만난 두 더위ᄂᆞᆫ 뉘 아니
됴화ᄒᆞ리 눔의게 ᄑᆞ디 말고브듸 내게 ᄑᆞᄅᆞ시소

　사설시조에서 장사꾼이 등장하는 경우가 여럿 있지
만 더위를 파는 행위는 위의 노래가 유일하다. 장사꾼
이 날씨와 관련하여 이른 더위早暑, 늦은 더위晚暑, 묵
은 더위陳暑를 늘어놓다가 '오뉴월 님을 만나 헐덕이는
더위'와 동짓달 고은 님 품에 들어 '차가운 숭늉을 벌컥
벌컥 들이키는 더위' 두 경우를 각씨에게 제시한다. 이
어 각씨는 장사꾼의 의도대로 '님 만난 두 더위'를 '남
에게 팔지 말고 부디 나'에게 팔라고 한다. 장사꾼이 떠
들어대는 '이른, 늦은, 묵은'이 수식하는 것은 단순히
더위가 아니라 시기에 따른 교각交脚, 性戱를 가리키고
있는 셈이다.
　이정신이 가객인지 양반인지 알 수 없다. 심지어 이

정신李廷蓋이란 이름도 가집에 따라 이정진李廷鎭으로 나타날 정도로 모호하지만 그가 남긴 시조를 통해 그가 어떤 사람이었는지 추단할 수 있다.

발가벗은 아이들이 거미줄 테를 들고 개천으로 왕래하며
발가숭아 발가숭아 저리 가면 죽고 이리 오면 산다며 부르는 발가숭이로다
아마도 세상일이 다 이런가 하노라

붉가버슨 兒孩ㅣ들리 거뮈쥴 테를 들고 ㄱ川으로 往來ㅎ며
붉가숭아 붉가숭아 져리가면 죽ㄴ니라 이리오면 ㅅㄴ니라 부로나니 붉가숭이로다
아마도 世上일이 다 이러ᄒᆞᆫ가 ᄒᆞ노라

죽기에 서럽지만 늙은 것은 더욱 서럽네
무거운 팔춤이요 숨이 절은 노래로다
가뜩이나 주색 하지 못하니 그를 슬퍼하노라

죽기 셜웨란들 늙기도곤 더셜우랴

무거운 팔춤이요 숨결은 노리로다

갓득에 酒色지 못ᄒ니 그를 슬허 ᄒ노라

　

「발가벗은 아이들이~」는 발가벗은 아이가 발가숭이 잠자리를 잡고 하는 모습이다. 도망가는 잠자리에게 '저리 가면 죽고 이리 오면 산다'고 진술하는 데에서 천진한 동심을 읽어낼 수 있다. 그래서 이 작품을 통해 본성을 따르면서 정情을 품고 나아감으로써 속俗이라는 새로운 사설시조의 미학을 발견할 수 있다 하며 이런 특징을 마악노초磨嶽老樵가 『청구영언』의 발문에 '자연의 진기'라고 평가한 것으로 파악하기도 했다. 사설시조를 사설시조답게 만드는 요건을 설명하는 가운데 인용된 시조에서 잠자리를 잡으려는 마음이 앞서다 보니 뒤집어 진술하게 되었고 그것이 가창공간에 있던 사람들의 마음을 이완시켜 가창분위기를 고조시킬 수 있었던 것이다. 물론 시조의 가창공간이 주연석酒宴席이거나 풍류장風流場이 대부분이었기에 재미를 추구하는 사설시조의 미학이라는 판단은 타당하다. 재미는 곧 가창공간에 참석한 자들의 마음을 이완시켜 그들의 시선을 한 곳에 모아 공간의 분위기를 고조시키는 기능을 하기 마련이다. 「죽기에 서럽지만~」에서 화자는 춤이나 노래를 제대로 구사할 수 없을 정도로 늙은 것에 대해 서러워하면서 주색 하지 못할 정도로 늙은 것에 대해 슬퍼하고 있다. 이정신의 시조 두 편을 통해 보건대 그가 가객인지 양반인지 알 수 없지만 풍류장에서 재미있는 사설시조를 온전히 구사할 줄 알았고 그곳에서 춤이나 노래는 물론 주색과 친연했던 인물이란 점은 지적할 수 있게 되었다.

다음의 각씨네~ 노래도 이러한 점과 관련된 시조이다.

> 늙어 좋은 일이 백에서 하나도 없네
> 쏘던 활 못 쏘고 먹던 술도 못 먹어라
> 각씨네 맛난 것도 쓴 오이 보듯 하여라

> 늙어 됴흔 일이 百에셔 흔일도 업늬
> 쏘던활 못쏘고 먹던 술도 목먹괘라
> 閣氏네 有味흔것도 쓴외 보듯 ᄒ여라

늙어서 주색 하지 못하니 그를 슬퍼하는 「죽기에 서럽지만~」보다 화자는 더욱 쇠약해진 상태에 있다. 쏘던 활 못 쏘고 술도 못 먹을 정도로 체력이나 기력이 소진된 상태이다. 그래서인지 각씨가 맛있게 먹는 음식도 자신에게는 단지 쓴 오이에 불과하다. 여기서 각씨는 그의 처이거나 첩이 아니라 춤, 노래, 주색과 관련된 자로서 기녀에 가까운 인물이다.

이제까지 작자를 알 수 있는 각씨네~ 시조를 검토했다. 양반 사대부층에 해당하는 이정보나 신헌조의 시조에 등장하는 각씨는 기녀에 가까운 인물이었다. 「사람이 되지 말고~」에서 화자는 주연석酒宴席에 있는 각씨에게 비단치마羅裙 무릎 위膝上에서 교태로운 말嬌語을 하고 싶다고 했다. 「각씨네 더위들 사시오~」의 더위를 파는 문답도 풍류장에서 진술될 만한 것이었다. 그리고 김수장의 각씨네~에서 머리털이 희었다 하여 화자를 눈흘김 하고 있는 각씨 또한 그가 활동하던 가창공간에 있던 기녀에 해당한다. 이정신의 경우 온전한 작가론을 재구할 수 없지만 그가 남긴 여타의 작품을 통해 보건대 「늙어 좋은 일이~」에 등장하는 각씨도 기녀에 해당한다.

작자를 알 수 없는 각씨네

각씨네 곱다하고 남의 애를 끊지 마소

흐르는 세월을 자네가 따라 잡겠는가

백발이 귀밑에 흩날릴 때 뉘우칠 법 있으리

閣氏니 고오라ᄒ고 눔의 이를 쓴치ᄆ소

흐르는 歲月을 자니 ᄯ려 ᄌᆞ바실가

白髮이 귀밋틔 훗날닐졔 뉘웃츨法 이시리라

각씨네 어슨체 마소 곱다고 자랑 마소

자네 집 뒷동산에 산국화꽃 못보았는가

구시월 된서리 맞으면 검불 땔나무 되느니

閣氏네 하 어슨쳬 마쇼 고와로라 ᄌᆞ랑 마쇼

자네 집 뒷東山에 山菊花룰 못보신가

九十月 된셔리 마즈면 검부남기 되느니

　　위의 두 시조에 등장하는 각씨는 단어 그대로 얼굴
이 곱다와 관련된 미색의 인물이다. 화자는 각씨에게
자랑 말라 하면서 미색이란 된서리 맞으면 한낱 검불로
된 땔나무로 변하거나 혹은 세월이 흘러 백발이 귀밑에
흩날리는 것처럼 제한된 시간에 한해 기능할 수 있다는
점을 지적하고 있다. 누구든 세월을 비켜갈 수 없다는

지적인 듯하지만 이러한 발화의 이면에는 화자의 애를 끊게 하는 각씨가 자리 잡고 있다.

각씨님 차신 칼이 일 척 검인가 이 척 검인가
용천검 태아검에 비수 단검 아니거든
어찌해 장부의 단장을 굽이굽이 끊는가

閣氏님 츠오신 칼이 一尺劍가 二尺劍가
龍泉劍 太阿劍에 匕首短劍 아니어든
엇더타 丈夫의 斷腸을 구뷔구뷔 긋ᄂ니

생매 같은 저 각씨 남의 간장 그만 끊소
몇 가지나 하여 줄까 비단장옷 대단치마 구름 같은
북도다리 옥비녀 죽절비녀 은장도금장도 강남에서 나
온 산호가지 자개 천도 금가락지 수초혜 하여 주마
저 님아 일 만 냥이 꿈만 같아 꽃 같이 웃는 듯이 천
금의 약속을 잠깐 허락하소서

싱ᄆᆡᄀᆞᄐᆞᆫ 저 閣氏 남의 肝腸 그만 긋소
몃 가지나 ᄒᆞ야쥬로 비단장옷 大緞치마 구름갓튼
北道다리 玉비녀 竹節비녀 銀粧刀 金粧刀 江南셔 나

온 珊瑚柯枝ㅈ기 天桃 金가락지 繡草鞋을 ㅎ여쥬마

　저 님아 一萬兩이 쑴ㅈ리라 쏫ㅈ치 웃ᄂᆞᆫ드시 千金쓴

言約을 暫間許諾ㅎ시소

　화자의 단장斷腸을 굽이굽이 긁게 한 원인은 용천
검·태아검이나 비수 단검과 같은 보검이 아니라 각씨에
게 있었다. 화자가 애간장 타는 상태에 있었던 이유는
각씨의 미색 때문이었다. 그래서 화자가 의복(비단장옷,
大緞치마), 신발繡草鞋, 장신구(玉비녀, 金粧刀, 金가락지)
를 각씨에게 제시하며 환심을 사려했던 것이다. 그것도
각씨에게 잠시 허락을 받기 위해서였을 정도로 그녀의
미모는 대단했다.

　　각씨님 초록 비단 옷에 수묵으로 매화를 그려
　　뿌리도 가지도 잎도 없이 그린 뜻은
　　이 매화 필 때쯤이면 임 향한 마음 마를 것이로다

　　閣氏님 草綠비단옷의 水墨으로 梅花를
　　그려 블희도 柯枝도 닙도 업시 그린 쓴즌
　　이 梅花 퓌올 쩌드란 년이 ᄆᆞᆷ 마로리라

초록 비단옷에 뿌리, 가지, 잎이 없는 매화를 그린 이유를 꽃이 필 때 비로소 임에 대한 마음이 마르기 때문이라 한다. 각씨를 향한 마음이 영원히 마르지 않을 것이란 진술은 '군밤에 움이 돋고 싹이 나야 비로소 임과 헤어지겠다'는 고려속요 「정석가」를 방불케 한다. 각씨와 절대 헤어지지 않겠다는 것이다.

　　각씨님 예뻤던 얼굴 저 건너 냇가에 홀로 우뚝 서 있는 수양버드나무 고목 다 되어 썩어 스러진 광대등걸이 다 되었단 말인가
　　젊었고자 젊었고자 셋 다섯만 젊었고자
　　열하고 다섯만 젊을 양이면 내 원대로 하리

　　각시님 엣쌥든 얼골 져 건너 닉까에 홀노 웃쪽 션는 수양버드나무 고목 다 도야 셕어스러진 관딕등거리 다 되단말가
　　졀머소자 졀머소자 셰다셧만 졀머소자
　　열ᄒ고 다셧만 졀무량이면 닉 원딕로

각씨가 냇가에 홀로 우뚝 서 있는 수양버드나무 고목 다 되어 썩어 스러졌다는 표현과 관계된 것으로 보

아 그녀는 외롭고 늙은 존재다. 젊고자 하는 나이가 열하고 다섯으로 나타나는 것도 그가 꽤 늙은 각씨이기 때문이다.

각씨님 물러 누우시오 내 품에 안기시오 그 아이놈 괘씸하네

네가 나를 안을 수 있냐 각씨님 그런 말 마시오 조그만 딱따구리가 크나큰 느티나무를 뼁뼁 돌아가며 저 혼자 안거든 내가 자네를 못 안을까 이 아이놈 괘씸하구나 네가 나를 휘을 수 있겠느냐 각씨님 그런 말 마시오 조그만 도사공이 크나큰 대중선을 저 혼자 다 부리거늘 내가 자네를 못 휘우겠는가 이 아이놈 괘씸하구나 네가 나를 붙을 수 있느냐 각씨님 그런 말 마시오 조그만 벼룩이 불이 일어나게 되면 청계산이나 관악산을 제 혼자 붙거늘 내가 자네를 못 붙을까 이 아이놈 괘씸하니 네가 나를 거느릴 수가 있느냐 각씨님 그런 말 마시오 조그만 백지장이 관동팔경을 제 혼자 다 거느리거늘 내가 자네를 못 거느릴까

진실로 네 말 같다면 백 년 동안 함께 하리라

각시님 믈너 눕소 내품의 안기리 이 아히놈 괘심ᄒ니

네 날을 안을소냐 가시님 그말 마소 됴고만 닷져고리
크나큰고양감기 셍셍 도라가며 제 혼자 다 안거든 내
자니 못 안을가 이 아히놈 괘심ᄒ니 네 날을 휘올소냐
각시님 그말 마소 됴고만 도샤공이 크나큰 대듕션을
제 혼자 다 휘우거든 내 자니 못 휘울가 이 아히놈 괘
심ᄒ니 네 날을 붓흘소냐 각시님 그말 마소 됴고만 벼
록 블이 니러곳나게 되면 청계라 관악산을 제 혼자 다
붓거든 내 자니 못 붓흘가 이 아히놈 괘심ᄒ니 네 날을
그늘올 소냐 각시님 그말 마소 됴고만 빅지댱이 관동
달면을 제 혼자 다그늘오거 든 내 자니 못 그늘을가
　　진실노 네말 ᄀ틀쟉시면 빅년 동쥬 하리라

　　위의 노래는 각씨와 아이의 문답으로 구성돼 있다.
각씨는 상대방을 얕잡아보려고 그에 대해 아이(아히)라
고 호칭하고 있다. 아이가 각씨를 자신의 품(내품)에 안
으려 하고 각씨는 그 아이가 자신을 안을만한 경험이
있는지 문답을 통해 확인하고 있다. '안기다' '휘우다'
'붙다' '거느리다'는 단순히 동사의 기능에 머물지 않고
각씨가 제시한 조건을 반영하고 있다. 끝으로 각씨는
아이의 말에 대해 진실로 네 말 같다면 백 년 동안 함께
百年同住 하겠다고 한다.

각씨님 장기 한판 두세 판을 펴소

수를 보세 자네 장 보아하니 면상이 더욱 좋아

차 치고 면상 쳐서 헤쳐 곧게 졸로 지르면 궁 안에 들

어갈까 하노라

閤氏님 將碁 흔板 두새 板을 펴쇼

手를 보새 자늬 將 보아ᄒ니 面像이 더욱 됴히

車치고 面像 쳐 헷치고 고든 卒 지로면 궁게 들가 ᄒ

노라

장기판을 펼쳐놓고 차車 치고 면상面像(상을 궁 앞에
놓는 일) 쳐서 곧게 졸卒로 지르면 이길 수 있다고 각씨
에게 훈수를 하고 있는 모습이다. 하지만 위의 노래가
단순히 장기 훈수가 아니라 다른 의미와 연계한다는 점
은 다음 노래를 통해 알 수 있다.

상공을 뵌 후에 매사 믿자오니

졸직한 마음에 병이 들까 염려이러니

이리마 저리차 하시니 평생 함께 하리다

相公을 뵈온 後에 事事를 밋ᄌ오니

拙直호 ᄆᆞ음에 病들가 念慮 ㅣ러니

이러마 져러챠ᄒᆞ시니 百年同飽 ᄒᆞ리이다

기녀 소백주小柏舟가 지은 시조이다. 소백주는 장기판에 등장하는 상궁사졸병마차포象宮士卒兵馬車包의 음音에 기대어 박엽(1570~1623)에게 '평생 함께 하겠다百年同飽'고 한다. 17개의 가집에 전하지만 16개에서 포飽(배불리 먹다)가 아니라 껴안다抱로 표기돼 있다. 상相(장기의 경우 象), 事(士), 拙(卒), 病(兵), 이러마馬, 져러챠車, 飽(包)가 그것이듯이 「각씨님 장기 한판~」의 '궁 안에 들어갈까'도 다른 접근이 필요하다. 화자가 가리키는 '궁'은 장기판에 있는 '宮'이면서 동시에 각씨의 내밀한 신체 부위이기도 하다. 남녀의 교각 상황을 합궁合宮으로 표현하는 것도 이와 마찬가지다. 그래서 화자가 각씨에게 판板을 펴라고 했던 것은 궁극적으로 궁 안에 들어가려는 의도인 셈이다.

작자를 알 수 없는 각씨네~ 시조를 살펴보았다. 각씨는 화자의 단장斷腸을 굵게 할 정도의 미색을 갖추고 있었다. 여기서 각씨는 화자의 처이거나 첩이 아니라 기녀에 해당한다. 반면 냇가 수양버드나무 고목처럼 늙은 각씨가 등장하기도 하는데 이 또한 늙은 기녀老妓이다.

그리고 아이와 성을 소재로 문답하는 각씨나 장기 훈
수를 받고 있는 각씨도 모두 기녀에 해당한다.

기록상 가장 앞서는 각씨네 시조

    달리는 말도 오왕 하면 서고 서 있는 소도 이라타 하
면 가니
    심의산 사나운 범도 깨우치고 타이르면 서거든
    각씨님 뉘 어미 딸이기에 깨우치는 말을 듣지 않나

    닷는 말도 誤往ᄒ면 셔고 섯는 소도 이라타 ᄒ면 가니
    深疑山 모진 범도 警晢곳ᄒ면 도서거던
    閣氏님 뉘 어미 쌀이 완듸 警說을 不聽ᄒ나니

  내달리는 말馬도 오왕誤往이라는 말에 서고 움직
이지 않던 소牛도 이라타 하면 다시 움직이기 마련이
다. 여기서 오왕이나 이라타는 말과 소를 제어할 때 사
용하는 단어이다. 그리고 호랑이를 돌아서게 하는 '깨
우치고 타이르다(警晢곳)'이 구체적으로 무엇인지 알 수
없지만 포악한 동물조차 제어할 수 있는 방법과 관련

된 표현이다. 말이나 소, 혹은 호랑이도 적당한 방법에 의해 제어할 수 있지만 화자가 어떠한 깨우치는 말警說을 하더라도 각씨는 듣지 않고 있다. 화자의 의도에 아랑곳 않는 각씨는 남자의 간장을 끊게 하는 「각씨네 곱다하고~」와 「달리는 말도 오왕 하면~」의 각씨와 동일한 콧대 높은 기녀에 해당한다. 말을 듣지 않는 기녀에게 뉘 어미 딸이냐고 묻는 상황도 모권母權이 강하게 남아 있던 기녀풍속을 반영한 것이기도 하다.

　　각씨네 옥 같은 가슴을 어떻게 해서 대어 볼까
　　물 들인 면주 자줏빛 작저고리 속에 긴 적삼 안 섶에 대어 쫀득쫀득 대어지고
　　이따금 땀이나 붙어 다닐 때 떨어질 줄 모르리다

　　閣氏늬 玉ᄀ튼 가슴을 어이구러 듸혀볼고
　　믈綿紬 紫芝 작져구리 속에 깁젹삼 안셥희 듸혀 돈든돈득 듸히고라지고
　　잇다감 씀나 분닐제 써힐뉘를 모로이다

　　각씨의 가슴에 손 대고 싶어 하는 화자가 있다. 가슴을 만지기 위해서는 그것을 에워싸고 있는 옷들을

풀어헤쳐야 하는데 '물 들인 면주 자줏빛 작저고리 속에 긴 적삼 안 섶'이 그것이다. 각씨의 가슴을 손으로 만지다가 이따금 땀이 나더라도 떨어지지 않겠다는 것이다. 시조의 가창공간을 감안하면 옥 같은 가슴을 지닌 자는 기녀이다.

그리고 각씨네~ 시조를 검토하는 과정을 통해 확인했듯이 평시조든 사설시조든, 작자가 있든 없든, 혹은 작자가 양반 사대부층이든 가객층이든 각씨는 기녀에 가장 가까운 인물이었다. 기녀가 늙어서 노기老妓가 된 경우에도 그는 여전히 각씨로 등장한다는 점은 「각씨 님 예뻤던 얼굴~」에서도 마찬가지이다. 그리고 각씨가 기녀에 가까운 인물이었다는 점은 「월인천강지곡」에서도 확인할 수 있는데, 석가모니가 출가하려 하자 그의 아버지가 '분粉과 연지燕脂로 빚은 고운 각씨들과 풍류소리'를 동원하며 아들을 막으려 했다는 기록을 통해서도 각씨가 기녀에 해당한다는 것을 알 수 있다

각씨네 부디 내 첩이 되어주소

각씨네 내 첩이 되거나 내 각씨의 뒷남편이 되거나

꽃 본 나비 물 본 기러기 줄 쫓은 거미 고기 본 가마
우지 가지에 짓이요 수박에 족술이로다
　　각씨네 하나 수철장의 딸이오 나 하나 짐장이로 솔
지고 남은 쇠로 가마 질까 하노라

　　각시ᄂᆡ 내 妾이 되나 내 각시의 後ㅅ난편이 되나
　　곳 본 나뷔 물 본 기러기 줄에 조츤 거믜고기 본 가마
오지 가지에 젓이오 슈박에 족술이로다
　　각시ᄂᆡ ᄒᆞ나 水鐵匠의 ᄯᆞᆯ이오나 ᄒᆞ나짐匠이로 솟지
고 나믄쇠로 가마질가 ᄒᆞ노라

　　각씨네~ 시조에서 각씨가 어떤 인물에 가장 가까
웠는지 또는 각씨라는 단어를 사용한 용례, 그리고 시
조 가창공간의 여러 정황을 감안한다면 위의 노래는
다른 접근이 필요하다. 앞서 살폈듯이 각씨네~ 시조에
서 화자는 주연석酒宴席과 친연한 인물들이지 노동계
층과 무관했다. 무엇보다 짐장이의 정체는 중장을 통
해 알 수 있는데 꽃:나비, 물:기러기, 줄:거미, 고기:가마
우지의 관계가 그것이다. 가지와 수박도 이에 준해 이해
한다면 음식궁합을 맞추기 위한 젓(젓깔류)과 족술(수박
화채를 만들 때 넣는 양념류)이나 그것들과 친연한 도구일

것이다. 그리고 중장의 이러한 구성에서 주목되는 것은 '나비, 기러기, 거미, 가마오지'라는 대상들이 '꽃, 물, 줄, 고기'보다 능동적인 성향을 더 띤다는 점이다. 제한된 공간에 있는 꽃과 그것을 찾아다니는 나비, 고정돼 있는 거미줄과 그 위에서 자유로운 거미, 물이라는 제한된 공간과 그 속에 있는 물고기와 그 위를 자유롭게 날아다니며 사냥하는 기러기나 가마오지를 통해 중장의 대상들이 수동적·능동적 성향에 따라 대비된 것을 알 수 있다. 친연성으로 묶여 있되 수동적 성향이 전자이고 다소 능동적 성향이 후자에 해당한다는 것이다. 그리고 이러한 특성을 종장에 그대로 적용시킬 수 있다. 수동적 성향이 수철장이라면 그와 친연성을 지닌 짐장이는 능동적 성향을 지녀야 한다. 제한된 공간에서 주물일을 하는 수철장이 있다면 그와 친연성을 띠면서 동시에 능동적 성향을 지닌 인물로 주물鑄物을 옮기는 짐꾼(짐匠이)일 가능성이 가장 크다. 주물을 만든 자가 수철장이라면 그것을 옮기는 일을 담당했던 자는 짐장이라는 것이다. 짐꾼에게 '장이'라는 어사가 결합된 것으로 보건대 주물을 옮기는 것은 일반 물품을 옮기는 것보다 나름의 기술을 요하는 일이었다.

짐장이의 정체가 드러나면 '솥 지고 남은 쇠로 가마

질가 하노라'도 이에 준해 이해해야 한다. '지고' '질가'
의 주체를 확정해야 하는데 화자가 짐장이니만큼 두 가
지 경우를 상정할 수 있다. 먼저 '지고'의 주체가 수철
장이고 '질가'의 주체가 짐장이라면 '수철장이 솥을 만
들고 짐장이는 그것을 감아서 지다(감다+지게나 등에 지
다)'이고, 다른 하나는 '지고'와 '질가'의 주체가 모두 짐
장이면 '솥을 지고(지게나 등에) 떨어지지 않게 감아서
지겠다'로 이해할 수 있다. 무엇보다 '곳 본 나뷔 물 본
기러기 줄에 조츤 거믜고기 본 가마오지'에서 능동적
성향을 지닌 대상과 관련된 동사가 '본' '본' '쫓은' '본'
이었듯이 종장에서 능동적 성향을 띤 짐장이와 관계하
는 동사가 '지고' '질가'이어야 하기에 종장에 나타나는
동사는 짐장이 처지에서 해석해야 한다. 여기서 감아서
지는 데 사용하는 '남은 쇠'가 해석에 장애가 되는 듯하
지만 '지고'의 주체가 '짐장이'이기에 그가 솥을 감아서
지되 짐장이답게 튼튼하게 지겠다는 의미로 해석하면
그만이다. 실제로 20개 가집 중에서 17개에서 '가마 질
가' 앞에 '츤츤'이란 의태어가 붙어 있을 정도로 '가마
질가'는 '감아서 지다'의 의미이고 이것이 가창현장에서
소통됐던 것이다. 물론 '가마 질가'는 '감아서 지다'이고
이것이 단순히 짐장이의 '감다+지다'의 행위를 연상하

는 데 머물지 않고 여타의 각씨네~ 시조와 동일하게 허튼 소리로 기능했다는 것이다.

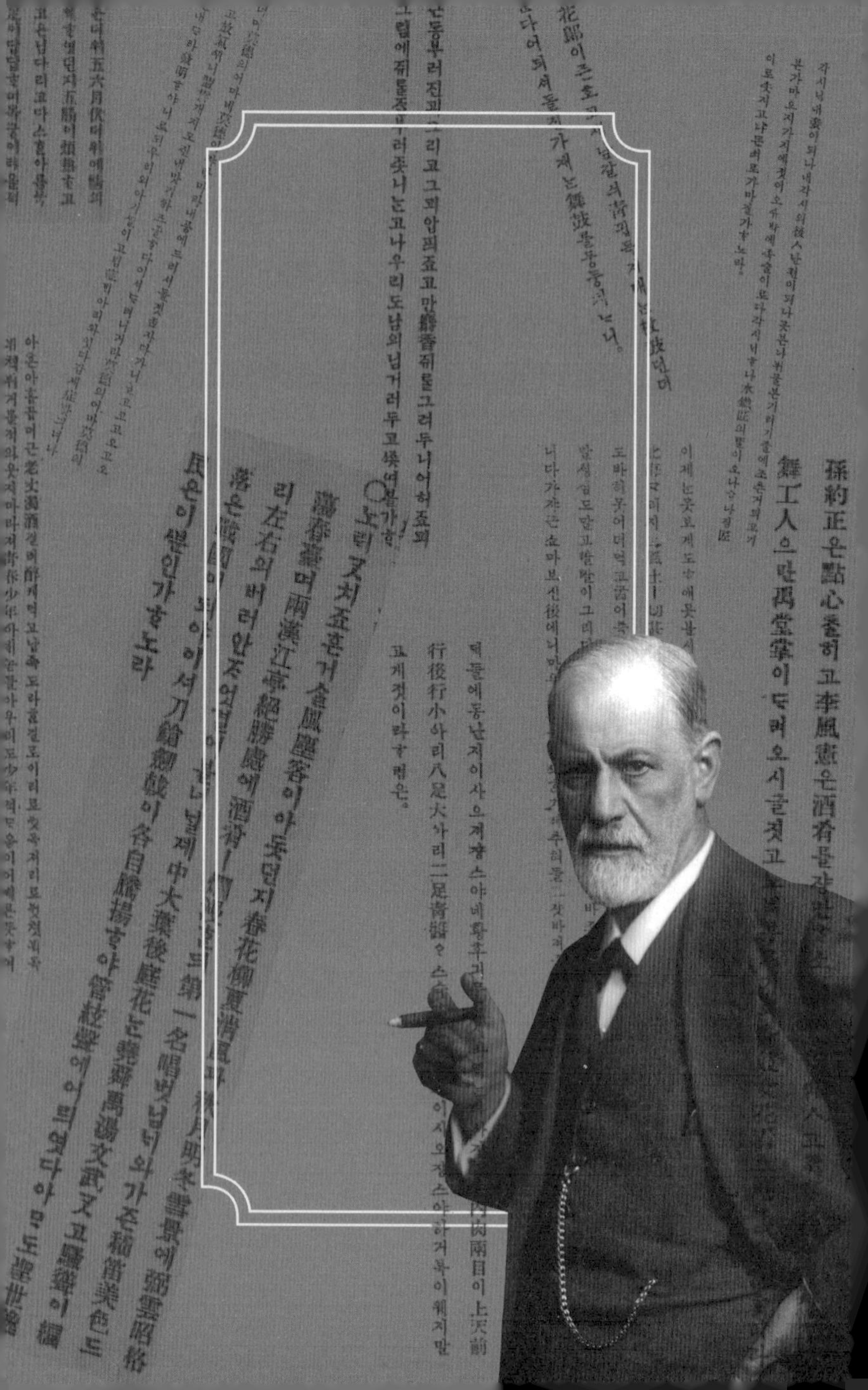

만횡청류,
만남과 이별의 정서를
이해하는 한 방법

-속요와의 교직과 간극에 기대어

음란한 노랫말을 이해하는 전제

『청구영언』에 따르면, 무릇 당세의 호사가들이 입으로 외우고 마음으로 즐거워하며, 손으로 펼치고 눈으로 보게 하려는 의도에서 편찬됐으며 '외우고 눈으로 보'는 것들 중에 '노랫말이 음탕하고 뜻과 지취가 보잘 것 없어 족히 본받을 만하지 못한 경우, 즉 민간의 음란한 이야기와 상스럽고 외설스러운 가사'도 있다고 한다. 음란하고 외설스런 이야기를 가락에 얹으면 노래가 된다는 것이다.

손약정은 점심을 차리고 이풍헌은 술과 안주 장만하소

거문고 가야금 해금 비파 적 피리 장고 무고 악공을랑 우당장이 데려오소

글짓고 노래부르기와 기생 꽃보기는 내가 다 담당하
리라

孫約正은 點心을 출히고 李風憲은 酒肴을 쟝만ᄒ소
거믄고 伽倻ㅅ고 嵇琴 琵琶 笛 觱篥 杖鼓 舞鼓 工人으란
禹堂掌이ᄃ려오시
글짓고노래부르기와 女妓女花看으란내다擔當ᄒ리라

해당 공간에는 술과 안주, 온갖 악기와 악공들, 그
리고 기녀도 있었다. 이곳에서의 연행은 위의 시조에
나타난 대로 '글짓고→노래부르기→기생 꽃보기'의 순
서로 이어졌다. 공간의 분위기에 따라 마지막 단계女妓
女花看가 생략될 수 있지만, '글짓고→노래부르기'에서
후자는 항상 있었다. 시간의 경과에 따라 주효가 소비
되고 참석자들의 노랫말은 진지한 발화(근엄한 노래)에
서 허튼소리(멋과 흥) 쪽으로 이동하기 마련이었다.

풍류적으로 시조를 원 포은조로 부르는 경우에는 오
히려 야비한 편으로 흐르는 것이며 향락장소에서나 오
락으로 부르는 것입니다. 그러므로 사설시조를 위지 잘
부른다는 사람은 자기의 습득한 일정한 고시조만을 언

제나 되풀이하여 부를 따름이요, 다른 작사된 사설의
장면을 부르려 하면 능하지 못한 것입니다.(『시조창법』)

만횡청류는 향락과 오락이 있는 공간에서 연행되었
다. 그곳에서 가창자는 다른 작사된 사설의 장면을 부
르려 하지 않고 자기의 습득한 일정한 시조만을 언제나
되풀이했다고 한다. 주효가 소비되고 향락과 오락이 있
는 공간에서 노래부르기에 참여하려면 다른 작사된 사
설보다는 자기의 습득한 일정한 고시조를 부르는 게 분
위기를 유지하는 방법이었던 것이다. 흔히 만횡청류가
입으로 외우고 마음으로 즐거워하며, 손으로 펼치고 눈
으로 보는 독서물이었던 이유를 짐작할 수 있는 부분
이다. 만횡청류의 독자가 여타의 해당 공간에 참석하여
허튼소리를 재빨리 구사하여 그곳의 분위기에 호응할
수 있었다는 것이다. 『청구영언』의 출현에 대해 당대의
가창자들에게 레퍼토리를 이전보다 쉽게 확보하게 해
주었다는 지적도 허튼소리를 독서하는 이유와 관련돼
있다. 이른바 풍류장에 참석한 사람은 독서 경험을 그
대로 진술하거나 그것을 조금 응용하여 공연장의 분위
기를 이어갈 수 있었던 것이다.

다음은 속요 이해의 전제에 해당하는 자료이다.

諸道에 행신을 보내서 관기로 자색과 기예가 있는
자를 고르고 또 城中에 있는 관비와 무당으로 가무를
잘하는 자를 골라 宮中에 등록해서…따로 한 隊를 만
들어 男粧이라 칭하여 노래 新聲를 가르쳤다 敎以新聲…
고저와 완급이 곡조에 맞았다.(『고려사절요』)

관기·관비·무당이 특정지역의 노래를 궁중으로 운
반했다. 궁중으로 유입된 노랫말은 성중城中(시정)에서
부르던 노래 그대로가 아니라 교열校閱 및 신성新聲의
과정을 거쳐 '고저완급'의 곡조에 맞춘 속요로 거듭났
다. 속요에 해당하는 노래들의 형태가 일정하지 않은 것
도 이런 과정과 밀접한데, 예컨대 속요의 형성과정을
가락에 알맞은 재래의 사설을 찾아 새 형태의 우리말
사설이 지어지고 혹은 재래의 사설과 신전新傳의 가락
이 맞지 않을 때 그 조절을 위한 여러 가지 시도가 이루
어졌다고 추정한 것도 속요의 태생적인 부분과 관련돼
있다.

속요의 가창공간과 관련하여 『고려사』에는, 신선의
음악이 뜰에 가득 찼는데 모두 음률에 맞는다. 군신이
함께 태평잔치에 취하니 임금의 마음은 기쁘다거나 임
금과 신하들이 함께 태평시절에 취하였다. 술은 만취되

고 밤은 깊어 닭은 새벽을 고한다고 기술돼 있듯이 그 것이 연행되는 공간에는 음악과 주효가 구비돼 있었다. 이런 공간에 참석한 자들이 즐거움을 서로 공유해야 하는 만큼, 공간의 분위기를 저해하는 노랫말은 연행 될 수 없었다. 이른바 연행공간에 있는 참석자들을 향해 행위하라는 명령, 도움을 요청하는 고함, 요구, 설득을 하는 게 아니라 그저 대화를 나누는 이들의 즐거움을 위해 대화하는 전형적인 방식을 고려하여 노랫말이 교열·신성의 과정을 거쳤던 것이다.

얼음 위에 댓잎자리 보아 임과 내가 얼어 죽을 만 정…정 둔 오늘 밤 더디 새오시라

문득 고침상에 어찌 잠이 오리오 서창을 열어보니 도화가 피었도다 도화는 시름없이 춘풍을 비웃네

넋이라도 임과 한 곳에 지내고자 여겼다가…어기신 분이 누구입니까

오리야 불쌍한 비오리야 냇물은 어디 두고 연못에 자러 오니 연못이 얼면 냇물이 좋아하겠지

남산에 자리 보아 옥산을 베고 누워 금수산 이불 안에 사향각씨 안고 누워 약 든 가슴을 맞추겠습니다

어름우희 댓닙자리 보와 님과 나와 어러주글 만뎡…
情둔 오ᄂᆞᆳ밤 더듸 새오시라

耿耿 孤枕上애 어느 ᄌᆞ미 오리오 西窓을 여러ᄒᆞ니
桃花ㅣ 發ᄒᆞ두다 桃花ᄂᆞᆫ 시름업서 笑春風ᄒᆞᄂᆞ다

넉시라도 님을ᄒᆞᆫᄃᆡ 녀닛景 너기다가…벼기더시니 뉘
러시니잇가

올하 올하 아련 비올하 여흘랑 어듸 두고 소해 자라
온다 소콧 얼념 여흘도 됴ᄒᆞ니

南山애 자리 보와 玉山을 벼여누어 錦繡山 니블 안
해 麝香 각시를 아나 누어 藥든 가슴을 맛초ᄋᆞᆸ사이다

(「만전춘별사」)

　　속요의 특징을 가장 잘 드러내고 있는 「만전춘별사」
이다. 민요·시조·한시·경기체가라는 장르가 한 곳에 섞
여 있지만 기녀라는 특정 화자를 설정해 놓으면 노래
전편을 이해할 수 있다. '민요를 속악으로 전용하는 과
정'에 참여했던 자들이 가창공간에 참석한 군신君臣이
이해할 수 있도록 기존의 노랫말을 개사改詞 및 편사編
詞했다는 것이다. 화자의 심리 또한 '임과 있으면서 날
이 더디 새기를 바라다, 임을 기다리던 중 도화꽃의 움
직이다, 약속을 어긴 임에 대해 항의하다, 오리에 대해

비아냥대다, 가슴의 맞추겠다'라는 시간순으로 정연하게 진술돼 있는 것을 통해서도 이를 확인할 수 있다. 물론 「만전춘별사」의 단계 각각은 여성화자의 시조와 만횡청류에서 흔히 발견할 수 있는 것들이다.

만횡청류에 나타난 만남과 이별의 정서

한 사람이 특정인을 만나 사랑을 하고 그러다가 이별로 귀결되는 과정은 사람들 모두에게 획일적으로 적용될 듯하지만 개개인이 처한 상황이 다르기에 만남과 이별의 단계도 결을 달리하여 나타난다. '남녀상열지사'로 규정하는 속요와 이별 및 그리움의 정서를 띠는 만횡청류도 만남과 이별의 단계에서 진술된 것들이되 정서의 결이 달리 나타나는 이유도 이와 관련돼 있다. 만남과 이별의 정서를 제시하는 방법과 개개의 단계를 세분화하는 일이 다양할 수 있지만, 전체 과정을 이해하기 위해서는 그것을 시간순으로 나열해야 한다. 이런 설정이 다소 느슨해 보일 수 있되, 어떤 상황을 설명하든 시작→중간→끝의 시간적 흐름에 따라 진술하기 마련이기에 만남과 이별의 정서도 이에 기대 설명할 필요가 있다는 것이다. 물론 만횡청류 개개의 작품론도 필요하지만 해당 작품이 만남과 이별의 단계에서 어디쯤 위치한 것인지 전후 단계를 고려해야 해당 노래를 구체적으로 이해할 수 있다는 것이다.

이 글에서는 '만남 전, 화자가 바라는 이상형→만남, 님의 지각遲刻→만남 직전→만남의 즐거움(성희는 즐겁다. 즐겁되 헤어지기 싫다. 임의 마음이 방황한다. 임의 마음 길들이기 쉽지 않다. 나만 좋아하고 있다.)→황당한 소문→이별 직전→이별 후의 외로움→이별 후, 임에 대한 원망'으로 설정해 보았다.

만남 전, 화자가 바라는 이상형

고대광실 나는 싫어 금의옥식 더욱 싫어

금은보화 노비전택 비단치마 대단장옷 밀라주 장도
자줏빛 명주저고리 따로 얹은머리 석웅황 모두 다 꿈자리 같고

진실로 나의 평생 원하는 것은 말 잘하고 글 잘하고 얼굴 깨끗하고 잠자리 하는 젊은 서방이로다

高臺廣室나는마다錦衣玉食더욱마다

銀金寶貨奴婢田宅緋緞치마大段쟝옷蜜羅珠겻칼紫
芝鄕織겨고릿ᄃ머리石雄黃으로닷굼자리ᄌ고
　眞實로나의平生願ᄒ기ᄂ말잘ᄒ고글잘ᄒ고얼골기자
ᄒ고품자리ᄒᄂ겨믄書房이로다

　예사사람들이 흔히 경험할 수 없는 의식주 관련 부
분이 나열돼 있다. 하지만 화자는 누대의 넓은 방이 싫
은 것은 물론 산해진미는 더욱 싫다고(더옥마다) 한다.
이어 그런 공간에 있을 만한 금은보화와 노비, 비단치
마와 대단장옷, 따로 얹은머리 등이 등장한다. 그런데
화자는 이런 것들 모두 자신에게는 꿈자리 같다하며 진
실로 바라는 이상형의 남자에 대해 진술하고 있다. 타
인에 비해 말하기와 글짓기, 얼굴 잘 생겼으면 하는 바
람이 그것인데, 이는 일반인들도 동의할 만한 이상형이
라 할 수 있다. 이어 '잠자리 하는 젊은 서방(품자리ᄂᄂ
겨믄書房)'이라며 진술을 마무리하고 있다.

　백화산 산머리에 낙락장송 휘어진 가지 위에
　　부엉이 방귀 뀐 수상한 옹도라지 길쭉넙쭉 우둘투둘
　뭉글뭉글하거나 말거나 임의 연장 그렇기만 하면
　　진실로 그렇기만 하면 벗고 굶을진들 무슨 성가신

일 있으리

白華山上上頭에落落長松휘여진柯枝
우희부헝放氣쐰殊常흔옹도라지길쥭넙쥭어틀머틀믜
뭉슈로ᄒ거라말고님의연장이그러코라쟈
眞實로그러곳홀쟉시면벗고굴물진들셩이므슴가싀리

임의 연장이 진실로 그렇기만 하다면(眞實로그러곳
홀쟉시면) 화자는 헐벗고 굶더라도 무슨 성가신 일도 감
내(굴물진들셩이므슴가싀리)할 수 있다고 한다. 여기서 화
자가 제시한 조건이 성사됐을 때를 가리키는 '그렇기만
하다면(그러곳홀쟉시면)'은 시각과 촉각에 의해 그려진
연장의 모습들이다. 예컨대 우둘투둘 뭉글뭉글(어틀머
틀믜뭉슈로)이 촉각이라면 길쥭넙쥭(길쥭넙쥭)과 휘어진
가지(휘여진柯枝)는 시각에 의해 포착된 것들이다. 특히
부엉이는 '잠자리'의 시간적 배경과 밀접한 야행성 조
류로 '그렇기만 하다면'을 보조하기 위한 장치이다.

만남, 임의 지각

벽사창이 어른어른 하여 임 오신 줄 알고 나가 보니

임은 아니 오고 명월이 마당 가득한데 벽오동 젖은
잎에 봉황이 내려와 깃 다듬는 그림자로다
모처럼 밤이었을만정 남 웃길 뻔 했네

碧紗窓이어른어른커늘님만녀겨나가보니
님은아니오고明月이滿庭ᄒ듸碧梧桐져즌닙헤鳳凰
이ᄂ려와깃다듬ᄂ그림재로다
모쳐라밤일싀만졍ᄂᆷ우일번ᄒ괘라

　창문 쪽에 뭔가 있는 듯하여 화자가 밖으로 나왔다.
나무 위에서 깃을 다듬던 새가 그림자를 통해 창문에
서 어른거렸던(碧紗窓이어른어른) 것이었다. 화자가 문
밖으로 나서기 전 어떤 상황에 있었는지 문면에 드러나
있지 않지만, 위의 경우처럼 '남 웃길 뻔 했네(ᄂᆷ우일번
ᄒ괘라)'로 마무리되는 경우 여타의 시조를 참조해보면
화자의 모습을 재구할 수 있다. 위의 화자는 저녁을 미
리 지어 먹고 문지방 위에 앉아 건너편 산을 바라보며
임이 나타나기를 고대했을 것이다. 시간이 흘러 건너편
산을 분간할 수 없을 정도로 한밤중이 됐지만 임의 모
습을 여전히 발견할 수 없었다. 방으로 들어와 있던 화
자는 창문 쪽에 어른거리는 기척을 임이 온 것으로 착

각하여 문 밖으로 나왔다. 하지만 깃 다듬던 새의 모습
이 창문의 그림자로 비추었던 것이었다.

만남 직전

　사람 기다리기 사람 기다리기 정말 어렵네 닭 세 번
우니 밤 오경이네
　문 밖에 나가 바라보니 문 밖에 나가 바라보니 청산
은 만 겹이고 녹수는 천 구비로다
　이윽고 개 짖는 소리에 백마 탄 임이 넌지시 돌아드
니 반가운 마음이 한없어 오늘밤 서로 즐거움이 어디
끝이 있으리

　待人難待人難ᄒ니鷄三呼ᄒ고夜五更이라
　出門望出門望ᄒ니靑山은萬重이오綠水ᄂᆞᆫ千回로다
　이윽고犬吠ㅅ소리에白馬遊冶郞이넌즈시도라드니반
가온ᄆᆞ음이無窮탐탐ᄒ여오늘밤서로즐거오미야어늬그
지이시리

　누군가를 기다리는 일이 정말 어렵다고(待人難待人
難ᄒ니) 한다. 닭이 세 번 울고 밤은 깊어 벌써 5경이지

만 임은 전혀 올 기미가 없다. 이렇듯 시간이 경과됐건
만 화자는 제때에 임이 오지 않는 이유를 청산이 만 겹
이고 물이 천 구비라는 데에서 찾고 있다. 임이 오지 않
는 원인을 딴 데서 찾으며 화자 자신을 위로하고 싶었던
것이다. 그러던 중, 백마 탄 임白馬遊冶郞이라 칭할 만한
사람이 나타났다. 이미 5경(새벽 3~5시)이 지났건만, 화
자는 오늘밤 두 사람의 즐거움이 끝이 없기를 바라고
(오늘밤서로즐거오미야어늬그지이시리) 있다.

만남의 즐거움

만남의 즐거움은 단순히 '임과 만났기에 즐겁다'로
뭉뚱그리기보다 좀 더 세분화해야 할 필요가 있다. 화
자와 임이 성희를 즐기고 있는 경우와 임을 만났지만
화자의 마음 한켠에 자리 잡고 있는 불안감 등으로 세
분화하여 이해해야 한다는 것이다. 현재 만나서 즐겁지
만 헤어질 수 있다는 불안감, 임과 함께 있지만 그의 마
음을 붙잡지 못하고 있다는 불안감, 화자 혼자 짝사랑
한다는 불안감 등이 이에 해당한다.

들입다 바득 안으니 가는 허리 자늑자늑

붉은 치마 걷어 올리니 눈 같은 살결 풍만하고 다리

들고 걸터앉으니 반쯤 핀 홍목단이 봄바람에 활짝 피
었구나

　나아가기 물러나기 반복하니 숲 우거진 산속에 물방
아 찧는 소리인가 하노라

　드립더ㅂ득안으니셰허리지ㅈ늑ㅈ늑

　紅裳을거두치니雪膚之豊肥ᄒ고擧脚蹲坐ᄒ니半開
한紅牧丹이發郁於春風이로다

　進進코又退退ᄒ니茂林山中에水春聲인가ᄒ노라

　치마 속에 있는 신체 부위가 모두 드러났다. 성희
의 과정에서 시각, 후각, 청각이 경험한 것을 시간순으
로 제시해 놓았다. 성희를 벌이는 공간이 숲 우거진 산
속茂林山中이기에 그들의 만남을 방해할 대상은 아무도
없다. 화자는 성희의 광경을 구체화시키는 게 부담스러
웠는지 한문투를 섞어가며 진술하고 있다.

　가슴에 구멍을 둥그렇게 뚫고

　윈새끼를 눈 길게 넌짓넌짓 꼬와 그 구멍에 그 새끼
넣고 두 놈이 두 끝 마주잡아 이리로 훌근 저리로 훌쩍
훌근 훌쩍 잡아당길 때에 나 남 할 것 없이 남 하는 대

로야 그건 어떻게든 견디겠으나

　아마도 임과 헤어져 살라면 그리 못 하리라

　가슴에궁글둥시러케뚤고

　왼숫기를눈길게너숫너숫쏘와그궁게그숫너코두놈이

　두긋마조자바이리로훌근져리로훌젹훌근훌젹훌져긔는

　나남즉남대되그는아모쯔로나견듸려니와

　아마도님외오살라면그는그리못ᄒ리라

　화자는 힘든 상황이 오더라도 감내할 수 있는 의지를 지니고 있다. 화자의 가슴에 구멍을 뚫거나 구멍 안에 새끼줄을 넣어 앞뒤로 당기더라도 참을 수 있다고 한다. 새끼줄이 상처 난 부위와 거칠게 마찰할 수 있도록 '눈 길게 넌짓넌짓 꼰(눈길게너숫너숫쏘와)' 것이라도 상관없다. 그래서 임과 헤어져 살라 하면 그리 못하겠다고(그리못ᄒ리라) 진술했던 것이다.

　강원도 개골산 빙 돌아들어 유점사 뒤에 우뚝 선 전나무 끝에

　웅크리고 앉은 송골매도 어떻게든 잡아 길들여 꿩사냥 보내는데

우리는 새님 걸어두고 길 못 들여 하노라

江原道開骨山감도라드러鑛店결뒤헤우둑션전나모
굿혜
숭구루혀안즌白松骨이도아므려나자바질드려쒱山行
보내는듸
우리는새님거러두고질못드료ㅎ노라

임은 화자와 같은 공간에 있으면서도 마음을 딴 데
두고 있었다. 그래서 화자가 깊은 산골에 숨은 송골매
를 꿩사냥 보낼(쒱山行보내는) 수 있도록 길들일 수 있다
고 운운하며, 오늘 만난 임은 그럴 수 없다며 고백했던
것이다. 차라리 야성의 송골매를 어떻게든 잡아 길 들
여(아므려나자바질드려) 꿩사냥하는 일이 임의 마음을 돌
려놓는 것보다 쉬운 일일지 모른다.

나는 임 생각하길 엄동설한에 맹상군의 호백구 같소
임은 날 여기기를 삼각산 중흥사의 이빨 빠진 늙은
중에 살 성긴 얼레빗 보듯 하네
짝사랑 즐겨하는 뜻을 하늘이 아시어 임이 날 사랑
하게 하소서

나는님혜기를嚴冬雪寒에孟嘗君의狐白裘ᄀ소

님은날너기리를三角山中興寺에이ᄲ진늘근즁에살셩
권어리이시로다

ᄭ락스랑의즐김ᄒᄂᆞᆫ뜻을하늘이아르셔돌려ᄒ게ᄒ쇼셔

아무리 좋은 빗이 있다 해도 그것이 삭발한 중에게
필요할 리 없다. 이 빠진 늙은 중(이ᄲ진늘근즁)에게 살
이 성긴 빗(살셩권어리이시)은 더더욱 그렇다. 화자는 성
긴 빗의 처지인데 그럼에도 임이 나를 사랑해주기를 하
늘에 기원하고(하늘이아르셔돌려ᄒ게ᄒ쇼셔) 있다.

황당한 소문

대천 바다 한 가운데 중침 세침 빠지거다

여나문 사공이 한 길 넘는 상앗대를 끝까지 둘러메
어 일시에 소리치고 귀 꿰어 냈다는 말이 있소이다 임
아 임아

온 놈이 온 말을 하여도 임이 짐작하소서

大川바다한가온대中針細針ᄲ지거다

열나믄沙工놈이긋므된사엇대를긋긋치두러메여一時

에소릐치고귀쎄여내닷말이이셔이다님아님아

온놈이온말을ᄒ여도님이짐쟉ᄒ쇼셔

　대천바다는 특정지역이 아니라 일반적으로 넓은 바
다를 가리킨다. 바늘이 바다에 빠질 수 있지만 그것을
건져내는 과정이 일상적이지 않다. 만약에 그런 일이 일
어나면 바늘 찾는 것을 포기하는 게 상책이다. 사공 열
명이 끝이 무딘 상앗대를 가지고 '일시에 소리치(一時에
소릐치)'면서 '바늘 귀를 꿰어내(귀 쎄여 내)'었다는 말이
있더라도 임이 짐작(님이 斟酌)하라는 진술이다. 화자는
자신과 관련된 황당한 소문을 믿지 말라고 간청하고 있
지만 삼인성호三人成虎라는 말이 있듯이 혹여 임께서
그것을 믿을까봐 불안해하고 있다.

이별 직전

　오늘도 저물었네 저물면 샐 것이고 날이 새면 임이
갈 것이로다
　가면 못 보려니 못 보면 그리워할 것이고 그러면 병
들 것이니 병들면 못 살 것이로다
　병들어 못 살줄 알면 자고 간들 어떠리

오늘도져무러지게져믈면은새리로다새면이님가리
로다

가면못보려니못보면그리려니그리면病들려니病곳들
면못살리로다

病드러못살줄알면자고간들엇더리

이별하기 직전의 상황으로, 화자가 겪어야 할 아픔
이 시간순서로 나열돼 있다. 못 볼 것이고 그에 따라 화
자는 임을 그리워하다 병이 날 것이고 결국에는 죽음
에 이르게 된다는 것이다. 임을 어떻게든 붙잡고 싶지
만 결국에는 그가 떠날 것이라는 점을 화자 자신도 알
고 있기에 임을 향해 '자고 간들 어떠랴(자고간들엇더리)'
며 마지막으로 제안했던 것이다. 화자의 마지막 진술이
임을 붙잡을 수 있을지는 아무도 모른다.

이별 후의 외로움

양덕 맹산 철산 가산 내려온 물이 부벽루로 감아 돌
아가고

마흐라기 공이소 두미 월계 내린 물은 제천정으로
돌아든다

임 그려 우는 눈물은 베갯모로 돌아든다

陽德孟山鐵山嘉山ㄴ린물이浮碧樓로감도라들고
마흐라기공이소斗尾月溪ㄴ린물은濟川亭으로도라
든다
님그려우는눈물은벼갯모흐로도라든다

깊은 산에서 발원하여 흘러내린 물이 있더라도 그
것이 임 그리워하다가 베갯모로 흘러내린 눈물에 비하
바 못된다. 임을 그리워하다가 몸져누웠는지 혹은 밤잠
을 이루지 못해 흘린 눈물인지 알 수 없지만 베갯모를
적신 눈물은 이별 후의 외로움에서 비롯된 것이었다.

나무도 바위돌도 없는 산에 매에게 쫓기는 까투리의
마음과
대천바다 한가운데 일천 석 실은 배에 노도 닻도 잃
고 용총도 끊어지고 돛대도 꺾어지고 키도 빠지고 바
람불어 물결치고 안개 뒤섞여 잦아진 날에 갈 길은 천
리 만 리 사방은 어둑어둑 천지는 적막 노을 떴는데 수
적 만난 도사공의 마음과
엊그제 임 여읜 내 마음이야 어떻게 구별하리오

나모도바히돌도업슨뫼헤매게쏘친가토릐안과

　大川바다한가온대一千石시른빅에노도일코닷도일

코농총도근코돗대도것고치도쌔지고ㅂ람부러물결치고

안개뒤섯계ㅈ잔날에갈길은千里萬里나믄듸四面이거

머어득져뭇天地寂寞가치노을셧ᄂ듸水賊만난都沙工

의안과

　엇그제님여흰내안히야엇다가ㄱ을ᄒ리오

　매에게 쫓긴 까투리와 해적을 만난 도사공, 그리
고 엊그제 임과 헤어진 화자의 마음이 동일하다. 까투
리건 도사공이건 비슷한 결말을 맞게 될 터인데, 화자
또한 그런 지경에 이를 정도로 이별 후의 아픔이 크다
고 한다.

　한숨아 가느다란 한숨아 너 어느 틈으로 들어오냐
　고모장자 세 살장사 가로닫이 여닫이에 암돌쩌귀 수
돌쩌귀 배목걸쇠 뚝딱 박고 용거북 자물쇠로 깊숙이
채웠는데 병풍이라 덜컥 접었느냐 족자라서 대굴 말았
느냐 너 어느 틈으로 들어오느냐
　어쩐지 너 온 날 밤이면 잠 못 들어 하노라

한슴아셰한슴아네어닉틈으로드러온다

　고모장ᄌ셰살장ᄌ가로다지여다지에암돌져귀수돌져

귀ᄇᆡ목걸새뚝닥박고龍거북ᄌ물쇠로수기수기ᄎᆞ엿ᄂᆞ듸

屛風이라덜걱져쎤簇子ㅣ라ᄃᆡᆼ굴ᄆᆞᆫ다네어닉틈으로드

러온다

　어인지너온날밤이면ᄌᆞᆷ못드러ᄒᆞ노라

　화자가 잠 못 드는 이유는 '한숨(한슴)' 때문이었다.
그것은 임과 이별하고 난 후 생긴 증상이었다. 가느다
란 한숨(셰한슴)이란 표현으로 보아 이별한 지 시간이
제법 흘러 마음을 추스린 상태에서 불현듯 임에 대한
생각이 일어났던 것이다. 다시는 그런 한숨이 일지 않
도록 여닫아 놓고 걸쇠로 뚝딱 박아 자물쇠로 채웠건만
그것이 어느 틈엔가 화자의 마음을 헤집고 들어왔다.
그리고 그런 날이면 으레 잠을 설치며 밤새 괴로워해야
했다.

이별 후, 임에 대한 원망

　　청천 구름 밖의 높이 뜬 송골매는

　　사방천리를 지척으로 여기는데

어뗳다 시궁창 뒤져먹는 오리는 제 집 문지방 넘나들
기를 백 천 리만큼 여기더라

靑天구룸밧긔노피썻눈白松骨이
四方千里를쯴尺만녀기눈듸
엇더타싀궁칙뒤져먹눈올히눈제집門地方넘나들기를
白千里만녀기더라

송골매는 푸른 하늘의 구름 밖을 중심으로 사방천
지로 날아다닌다. 반면 오리는 자기집의 문지방 넘기를
수천 리로 여기고 있다. 단순히 송골매와 오리의 대비
가 아니라, 오리에 기대 돌아오지 않는 임을 원망하고
있다. 임을 연모하는 마음보다는 원망하고 싶은 마음이
앞서 있기에 '시궁창 뒤져먹는 오리(싀궁칙뒤져먹눈올히)'
로 표현했던 것이다.

만횡청류와 속요의 교직과 간극

남녀 간의 만남과 이별에 대한 정서는 특정 시대에
한해 논의할 게 아니다. 남녀 쌍방의 생각이 다르기 마련이고 사소한 언행 하나로 인해 서로 오해가 생겨 각자 예상하지 못한 결말로 이어지는 게 특정시대에만 해당하는 일이 아니기에 그렇다. 김천택이 지적한 '음탕한 노랫말의 유래가 오래 되었다'는 부분에서 '음탕한'을 수식어로 사용할 수 있는 시기는 남녀가 서로 성에 대한 차이를 인지하고 호기심으로 상대의 몸을 동경을 하던 때까지 소급할 수 있다. 만횡청류에 등장하는 만남과 이별에 대한 정서 또한 여느 시대건 있었겠지만, 한글표기로 전하는 속요에 기대 양자 간에 교직되는 부분과 그렇지 못한 경우를 살펴 만횡청류의 특징을 이해하는 데 도움을 받을 수 있다.

먼저 만횡청류와 속요가 교직되는 부분을 '만남, 임의 지각'에서 찾을 수 있다. 창문에서 어른 거렸던(碧紗窓이어른어른) 것은 임의 등장과 관련된 게 아니라 깃을 다듬던 새의 그림자였는데(「벽사창이 어른어른 하여~」), 이와 같은 화자의 착각은 「만전춘별사」의 '서창西窓을 열어보니 도화桃花가 피었네. 도화는 시름없이 춘풍에 흔들리네'에서 발견할 수 있다. 달이 서쪽으로 기울 무렵까지 임을 기다리던 화자가 서창을 열게 된 이유는 춘풍에 흔들리는 도화가 창문의 그림자로 어른거렸기 때문이었다. 반드시 돌아오겠다고 약속을 했던(어름우희 댓닙자리 보와 님과 나와 어러주글 만명) 임이었기에 새벽녘에 이르기까지 촉각을 세우고 임을 기다리던 화자가 사소한 변화에 반응하며 창문을 열었던 것이다. 물론 만횡청류 「벽사창이 어른어른 하여~」의 종장과 「만전춘별사」의 해당 부분이 각각 '남 웃길 뻔 했네(눔우일변ᄒ 괘라)'와 '춘풍을 비웃네(笑春風ᄒᄂ다)'로 마무리된 것도 유사하다. 약속한 시간이 지났지만 나타나지 않고 있는 임, 주변의 사소한 움직임도 임과 결부해 반응하는 화자, 그리고 달빛에 의한 그림자가 창문에 어른거렸을 때 그것을 임의 방문으로 착각한 상황이 만횡청류 「벽사창이 어른어른 하여~」와 「만전춘별사」였던 것이다. 이런 점을 고려하면 「벽사창이 어른어른 하여~」의 상황을 구체적으로 이해할 수 있다.

화자가 자신을 수동적인 대상으로 인식하는 것도 속요와 동일하다. 화자와 임을 지시하는 대상은 각각 빗과 늙은 중이지만 삭발한 중에게 성긴 빗이 쓸모 있을 리 없다(「나는 임 생각하길 엄동설한에 맹상군~」). 성긴 빗의 모양을 통해 이 빠진 늙은 중을 견인했지만, 빗의 입장에서는 늙은 중이 집어 들고 사용하기만 바랄 뿐 스스로 할 수 있는 게 전혀 없다. 화자의 처지를 쓰임새 없는 빗에 기대어 표현한 것으로 「동동」의 '벼랑에 버

린 빗 같구나 돌아보실 임을 쫓고 싶습니다'가 있다. 유
월 보름 유두날에 냇가에서 머리를 감는 풍속이 있더라
도, 머리빗이 온전히 기능하지 못할 정도로 성긴 모습
이라면 아무렇게나 버려지기 마련이다. 쓸모없어 버려
진 빗이 화자의 처지와 다름 아니었다. 냇가로 올 때에
는 머리를 빗는 도구가 필요했지만 행여 그것이 성긴 상
태가 되면 버려질 수 있다는 것이다. 화자 스스로 수동
적 대상으로 인식하는 경우는 '빗'에만 한정돼 있지 않
다. 예컨대 「동동」에서 '저며 놓은 고로쇠 나무(져미연
ㅂ룻)'와 '소반의 젓가락(盤잇 져)' 등을 포함해 「만전춘
별사」에서 '桃花(도화)'와 '소(연못)' 등이 있는 것처럼 이
것이 속요의 특징이기도 하다.

　임을 만나 즐겁기는 하지만 조만간 헤어질 수 있다
는 불안감에 휩싸여 있는 화자를 발견할 수 있다. 새끼
줄이 가슴 속 상처를 헤집고 다니는 아픔은 견딜 수 있
지만 절대로 임과 이별할 수 없다(「가슴에 구멍을 둥그렇
게 뚫고~」)는 진술은 「정석가」의 '군밤에서 움이 돋고
싹이 나면 비로소 임과 헤어지겠다'와 유사한 설정이
다. 「정석가」는 속담사전류에 등장하는 유형에 해당하
지만, 「가슴에 구멍을 둥그렇게 뚫고~」의 화자는 실현
불가능한 상황을 구체적으로 설정해 놓고 그것을 감내

할 수 있다며 스스로에게 주문을 걸 듯 자신에게 다짐을 한다. 벽사의 기능을 하는 윈새끼를 등장시킨 것도 이런 이유와 관련돼 있다.

기약을 지키지 않고 있는 임을 향해 화자가 질책하고 있는 모습도 해당한다. 하늘을 맘껏 나는 송골매에 비해 시궁창 뒤져 먹는 오리(싀궁칙뒤져먹는올히)를 향해 제집 문지방 넘어오지 못한다며 질책하는 부분(「청천 구름 밖의 높이 뜬 송골매는~」)은 「만전춘별사」의 '불쌍한 오리야 냇물은 어디 두고 연못에 자러 왔니'를 연상케 한다. 양쪽에 등장하는 오리는 부재하는 임을 대신해서 질책을 당하는 대상이다. 기약을 지키지 않은 임에게 불만을 가지고 있던 화자는 마침 오리를 발견하고 '불쌍한(아련), 시궁창 뒤져 먹는(싀궁칙뒤져먹는)'이라는 수식어에 기대 임을 향해 원망을 했던 것이다.

이렇듯 만횡청류와 속요의 만남과 이별의 정서에서 교직되는 부분을 확인할 수 있었다. 하지만 양자 간에는 교직되는 듯하면서도 정서상의 간극도 존재하고 있었다. 화자의 진술이 동일한 듯하되 지향점을 달리하는 경우가 그것인데, '만남 전, 화자가 바라는 이상형'이 이에 해당한다. 속요에서 화자의 이상형은 '만인들 비추어줄 모습, 남들이 부러워 할 모습(萬人비취실 즈싀,

「동동」'처럼 잘 생긴 사람이거나 '덕을 지닌 임(有德ᄒ
신 님, 「정석가」)'으로 제시돼 있다. 높이 밝혀 놓은 등불
같다거나 만인을 비춘다는 것은 군계일학에 해당할 정
도로 임의 외모가 뛰어난 것을 가리킨다. 물론 남이 부
러워할 모습 또한 이에 해당한다. 반면에 만횡청류에서
화자의 이상형은 '얼굴 깨끗한 젊은 서방'에 한정하지
않고 '잠자리(품자리)' 잘하는 조건이 추가돼 있다(「고대
광실 나는 싫어 금의옥식 더욱 싫어~」). 만횡청류의 여성 화
자에게 '잠자리'는 이상형으로 삼는 전제에 해당할 정
도로 연장, 대물 등의 단어와 함께 빈번하게 등장하고
있다. 잠자리만 괜찮다면 헐벗고 굶더라도 무슨 성가신
일도 감내할 수 있다거나(「백화산 산머리에 낙락장송 휘어
진 가지~」) 자신의 연장과 일치하면 내님으로 여기겠다
등의 경우를 보더라도 화자의 이상형은 말 잘하기, 글
잘 쓰기, 얼굴 깨끗하기 보다는 잠자리에 두고 있는 셈
이다.

그리고 만남의 즐거움에서 '성희는 즐겁다'의 경우
에서도 양자 간의 간극을 발견할 수 있었다. 속요에서
는 '각시를 안고 누워 약든 가슴을 맞추자(「만전춘별
사」)'거나 '잠을 잔 곳이 정리가 되어 있지 않다(「쌍화
점」)'처럼 성희의 과정을 에둘러 진술하지만 만횡청류

에서는 신체의 특정 부위를 적시하거나 성희와 관련된 행위와 소리를 적나라하게 묘사하고 있다. 전자가 독자로 하여금 생략된 부분을 짐작하게 하지만 후자는 노골적 표현으로 인해 반감이 들 정도이다. 한문투(雪膚之豊肥ㅎ고擧脚蹲坐ㅎ니半開한紅牧丹이發郁於春風)를 섞은 이유도 성희 관련 표현이 너무 구체적이기에 반감을 피하려는 의도와 관련돼 있다.

이별 직전의 정서에서도 간극이 있었다. 속요의 화자 대부분은 떠나는 임에게 어떠한 조치도 취하지 못하고 있다.「서경별곡」의 경우, 임을 붙잡아 세우지 못한 상태에서 제3의 인물 뱃사공에게 폭언(네 가시 럼난디 몰라셔)을 퍼부을 뿐이다. 혹은 자기 자신을 향해 '천년을 외롭게 살더라도 임에 대한 믿음이 끊어지지 않는다'며 되뇌이는 정도이다. 한편 만횡청류「오늘도 저물었네 저물면 샐 것이고~」의 화자는 임이 떠나면 자신은 어떤 병을 얻게 될 것이고 종국에는 죽을지도 모른다고 진술한다. 이별이 자신에게 커다란 아픔이 될 터이니 임께서 떠나지 않기를 바란다는 것이다. 하지만 자신의 진술에 대하여 임이 대답을 하지 않자 즉각적인 반응이 나타날 수 있도록 마지막 한마디 '자고 가는 게 어떨까'를 건넨다. 화자의 마지막 진술이 임의 성향을 정확

하게 간파한 데에서 출발한 것인지 혹은 임을 붙잡을 화자의 마지막 수단인지 알 수 없지만 속요의 정서와는 변별되는 점이다.

만횡청류 독법의 외연을 확장하기 위해, 만남과 이별의 정서를 중심으로 속요와의 교직과 간극을 살펴보았다. 특히 노랫말의 '유래가 오래되었다'는 김천택의 지적은 前시대의 한글표기 자료이면서 남녀상열지사라고 하는 속요와의 교직과 간극을 통해 만횡청류의 특징을 살펴야 할 이유와 관련돼 있다. 양자의 연행공간에는 공통적으로 주효와 악기, 기생이 있었으며 그곳에서 주효가 소비되면서 흥취가 고조되었고 음란 및 남녀상열지사의 노랫말이 연행되었다는 점은 음란한 노랫말을 이해하는 전제에 해당했다. 한편 만남과 이별의 단계에서, 동일한 과정에 해당하되 정서상의 간극도 존재하고 있었다. 이러한 간극은 속요와 만횡청류라는 장르의 태생적인 부분에서 발생한 것이었다. 전자의 경우, 시정의 노랫말이 교열·신성의 과정을 거친 후 궁중 안의 군신 앞에서 연행되었고 후자는 호사가들이 있는 풍류장에서 노랫말에 아무런 제한을 받지 않고 가창된 것이었다. 그에 따라 만횡청류의 노랫말이 음란한 상황을 구체화하려는 쪽으로 이동하기도 했다. 이러한 경향은 가창자의 자족적인 면과 무관하게 연행공간에 참석한 자들의 취향을 반영한 것이기도 하다. 주효가 소비되는 공간이 만청청류가 연행되는 풍류장이었던 만큼 음란한 진술이 거침없이 진술될 수 있었던 것이다. 이러한 차이가 양자 간의 교직과 간극을 낳게 한 이유라 할 수 있다. 물론 '성희'를 묘사하는 부분에서도 양자 간의 차이를 확인할 수 있다. 속요에서 성희의 부분이 군신 앞에서 연행될 수 있도록 교열·신성의 과정을 거쳐 우회적으로 진술되었다면 만횡청류에서는 그것을 노골적 혹은 과장적으로 드러낼 수 있었던 것이다.

남녀 애정 관련 만횡청류는 모두, 이 글에서 제시한 만남과 이별 정서의 단계 중에서 한두 곳에 위치해야 할 노래들이다. 단계의 앞과 뒤, 그리고 속요와의 교직된 부분을 감안한다면 해당 노래를 보다 풍성하게 해석할 수 있을 것이다.

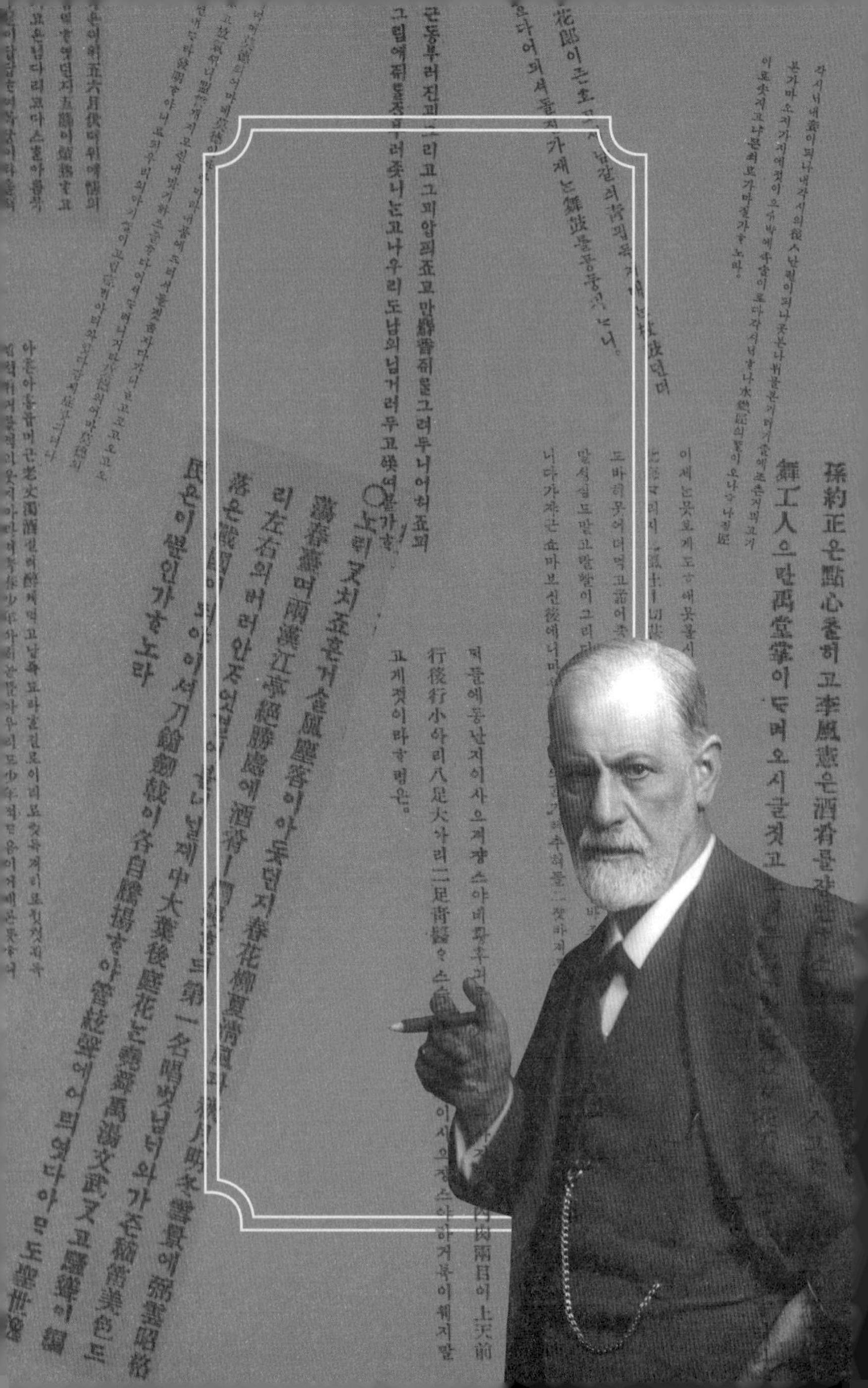

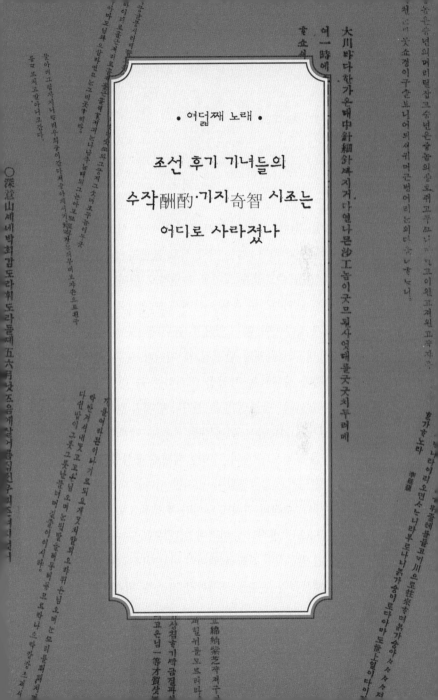

• 여덟째 노래 •

조선 후기 기녀들의
수작酬酢·기지奇智 시조는
어디로 사라졌나

　　기녀를 기녀답게 하는 것으로 수작·기지 시조가 있
다. 수작酬酌과 기지奇智는 각각 서로 술잔을 주고받거
나 서로 말을 주고받음 그리고 특별하고 뛰어난 지혜
와 관련된 단어이므로 풍류공간에서 보조자로 기능하
던 기녀가 갖추어야 할 소양으로 꼽힌다. 수작과 기지
는 기녀 개인의 문제와 관련된 게 아니라 풍류공간의
여러 정황과 상대하는 자들을 고려하는 즉 가변적 상
황에서 진술되는 만큼 호응을 얻거나 반대의 경우가 생
길 수 있기에 기녀들은 이에 대한 소양을 갖추어야 한
다. 소양을 토대로 수작과 기지를 제대로 구사할 줄 아
는 기녀를 명기名妓라 칭할 수 있지만 기녀들 대부분 그
렇지 못했다. 수작과 기지의 구사가 부정적으로 작용할
수 있는 다소 모험적인 일이기에 이것보다는 누구건 공
감할 만한 안정적인 진술을 택하기 마련이다. 그래도 기
녀들은 태생적인 부분을 포기하지 않는 한 명기다움과

관련된 수작과 기지에 대하여 무관심할 수 없었다.

하지만 조선 전·중기까지 이어져 왔던 기녀의 수작·기지 시조가 후기에 이르러 행방이 묘연해졌다. 기녀의 사적인 영역이 전 시기보다 확장됐는데도 불구하고 수작·기지 시조가 사라졌다는 점에 주목할 필요가 있다. 물론 기녀의 수작·기지가 사라진 것이 사설시조의 등장과 밀접하다는 주장이 있었고 연작시조의 등장과 밀접하다는 논의도 있었다(성기옥). 특히 후자의 논의는 감성특성을 외화外化 및 내화內化로 구분하여 기녀시조의 시조사적 위상을 통시적으로 논의했다는 점에서 기존의 개별 작품론들과 변별되는 성과를 얻었다.

이 글은 선행업적을 토대로 조선 후기 수작·기지 시조의 행방에 대하여 논의하는 것을 목적으로 한다. 물론 조선 전·중기와 후기라는 기녀의 외적 환경의 변화가 한 이유겠지만 그것보다는 그들의 태생적인 부분을 고려하면 기존 논의에서 성글었던 부분을 보강할 수 있다. 예컨대 기녀와 수작·기지의 관계, 가창환경의 변화, 안정적 진술과 모험적 진술의 갈등 등을 고려하는 일이다. 특히 기녀의 안정적 진술과 모험적 진술이 갈등하거나 혹은 갈등의 또 다른 모색을 논의하는 일은 조선 후기 연작이나 삶을 성찰하는 시조가 등장하는 것과 밀접하기에 기녀 시조사를 이해하는 한 방편이 될 수 있다. 참고로 수작·기지가 「만전춘별사」에서 발견되기에 고려와 조선 전·중기와 달리 후기에 이르러 행방이 묘연해진 상황을 논의하면서 고려속요를 참고할 수 있을 것이다.

기녀와 수작·기지의 관계

조선 후기에 수작·기지 시조의 행방이 묘연해진 상황을 살피려면 기녀와 그것의 관계를 고려해야 한다. 주지하듯이 기녀는 자족적인 존재가 아니라 풍류공간에서 보조적인 기능을 하는 이른바 해어화解語花이다. 그들을 지칭하는 해어화라는 단어가 기녀들을 소비하는 남성측의 시선을 집약하는 단어인 것처럼 기녀의 가歌·무舞·서書가 그들의 취향과 관계없이 상대할 자들을 위해 존재하는 것도 이런 까닭에서다. 수작·기지도 기녀의 이런 면을 떠나 생각할 수 없다.

다음은 "기녀 역사의 반고와 사마천妓史之班馬也"으로 평가받고 있는 『북리지』의 일부인데 기녀의 태생적인 부분을 이해하는 데 참고할 만하다.

여러 기녀 가운데 대부분 자신의 생각을 토로할 줄 알았으며, 책에 나오는 말들을 알고 있는 자도 있었다. 공경 이하 모두는 그들을 表德(字나 號)으로써 불렀다. 그 품류를 분별하고 인물을 품평하여 손님에 맞추어 응대한 것 등은 진실로 미칠 수 없는 부분이다.

其中諸妓 多能談吐 頗有知書言話者 自公卿以降 皆以表德呼之 其分別品流 衡尺人物 應對非次 良不 可及

분별품류分別品流는 공간의 성격과 분위기를 파악 하는 일이고 형척인물衡尺人物은 손님의 성향 등을 간 파하는 것이다. 이러한 것에 능숙한 자를 명기名妓라 칭할 수 있지만 '손님에 맞추어 응대한 것 등은 진실로 미칠 수 없다'는 표현처럼 흔하지 않다. 평범한 기녀와 달리 분별품류分別品流와 형척인물衡尺人物이라는 소 양을 갖춘 명기는 풍류공간의 분위기를 유지·고조시킬 수 있는 진술을 할 수 있었는데 '세련된 상사·수작·기 지'가 그것이다. 이것은 예사 기녀들과 변별되는 점으 로 수동적 상사가 아니라 쌍방적 사랑의 감정을 구사 한다거나 남성을 향해 수작을 적극적으로 한다거나 또는 풍류공간에서 기지를 발휘하는 일이다. 반면 평범한 기녀는 '세련된 상사·수작·기지'를 발휘하기보다 단순히 수동적 처지를 반영한 상사를 진술했다. 분별품류와 형척인물이 잘못됐을 때 그것이 풍류공간에 미치는 영향이 크기 때문에 대부분의 기녀는 누구건 공감할 수 있는 수동적 상사를 선호할 수밖에 없었다. 그리고 수동적 상사를 진술할 때 중요한 것은 화자가 님을 얼마나 절실하게 그리워하고, 얼마나 간절하게 사랑하고 있는가와 관련된 애정의 실패담이지 성공담이 아니다. 님과 화자의 애정이 성공하는 쪽으로 진술됐을 경우, 이는 그들이 기명妓名을 사용하며 해어화로 기능해야 했던 점과 배치되기에 풍류공간에서 호응을 얻을 수 없었다.

수작·기지의 능력은 분별품류와 형척인물의 소양을 갖춘 것을 의미한다. 이와 관련된 조선 전기·중기의 기녀로 진옥眞玉, 한우寒雨, 황진이黃眞伊, 금춘今春, 소춘풍笑春風, 소백주小栢舟가 있다. 정철이 "진옥眞玉이 적실하다/ 나에게 살 송곳 있으니 뚫어볼까 하노라"에 대해 진옥眞玉이 상대의 이름을 희롱하듯 발음하며 "보아하니 정철正鐵인 게 분명하다/ 내게 골짜기 풀무 있으니 녹여볼까 하노라"며 응대한 것, 임제林悌의 "오늘은 찬 비 맞았으니 얼어잘까 하노라"에 대해 한우가 잠자리에 적극적으로 나서겠다며 "오늘은 차가운 비 맞았으니 녹아잘까 하노라"로 대응한 것, 황진이가 "청산리 벽계수야 쉽게 가는 것 자랑마라/…/명월明月이 만공산 滿空山하니 쉬어간들 어떠냐"며 벽계수碧溪守를 향해 진술한 것이 모두 수작시조에 해당한다. 금춘이 남성을 향해 성 행위를 권하는 "하물며 사내 대장부越越武夫를 아니 걸고 어찌 하리"도 이에 해당한다.

기지의 경우, 연회에서 술에 취한 정승이 "너는 아침에는 동쪽에서 자고, 밤에는 서쪽에서 잔다고 들었다. 그러니 노부를 위하여 천침薦枕하라"는 희롱을 당한 설매가 "동쪽 집에서 먹고 서쪽 집에서 자는 천한 기생生의 몸을 가지고, 왕씨를 섬겼다가 이씨를 섬기는 정승을 시침侍寢하는 것이 또한 마땅하지 않겠습니까(『조선해어화사』)"라며 응수한 것에서 찾을 수 있다. 그리고 소춘풍은 무관과 문관이 모두 모인 자리에서 자신의 마음이 어느 쪽으로도 치우지지 않는다며 "저 설 곳 역력히 모르는 무관을 어이 쫓으리" 했다가 다시 "두어라 사내대장부越越武夫를 아니 쫓고 어찌 하랴"며 문관과 무관들을 두루 만족시킨 사례에서 기지를 확인할 수 있다. 평안도 관찰사 박엽朴燁이 손님과 장기를 두면서

소백주에게 시를 짓게 하자 자기의 마음을 장기의 상·
사·병·포·마·차에 기대어 "이리 마馬를 옮기고 저리 차
車를 돌리라 하시니 평생 함께 하겠습니다(이리마 져리챠
ᄒ시니 百年同抱ᄒ리라)"고 진술한 것도 이에 해당한다.

　　수작과 기지가 공간의 성격과 분위기 및 그곳에 참
석한 자들의 성향을 온전히 파악한 데에서 출발했다는
점은 두말할 필요 없다. 기녀들이 '서로 말을 주고 받음'
과 '특별하고 뛰어난 지혜'를 구사할 수 있었던 것의 바
탕에 분별품류와 형척인물이라는 소양이 자리잡고 있
었기 때문이다. 결국 창기로서 시에 능하다는 것은 대
단히 뛰어난 일인 것(『오주연문장전산고』)처럼 기녀에 대
한 평가는 음률音律이나 거주음식居住飲食 보다 회해언
담諧諧言談에 의해 좌우되는(『중국창기사』), 즉 '세련된
수작·기지'의 구사 여부에 달려 있었던 것이다.

　　다음은 조선 전기·중기와 후기의 기녀시조를 통시
적으로 파악할 수 있도록 나타낸 도표이다.

시대	대남성적 감성								탈대남성적 감성		계
	상사		남녀 수작		기 지		자기 확인				
조선 전·중기	7 (4)	황진이4 홍랑1 매창1 매화a1	6 (5)	*황진이1 진옥1 한우1 금춘2 문향1	5 (2)	소춘풍4 소백주1	0		2 (2)	홍장1 *황진이1	20수 (13/11명)
조선 후기	30 (14)	다복1 구지1 송이7 계단1 천금1 부동4 명옥1 금홍1 매화b4 옥선1 송대춘2 강강월3 입리월2 평양여인1	0		1 (1)	평안기1	4 (2)	*송이3 *계단1	1 (1)	계섬1	36수 (18/16명)
작품 수	37수 (66%)		6수 (11%)		6수 (11%)		4수 (7%)		3수 (5%)		56수 (100%)
작가 수	18(18)명		5(4)명		3(3)명		2(0)명		3(2)명		31(27)명

※ 작가명 앞의 * 표는 중복해서 나타나는 작가 표시(성기옥)

　　상사(7수), 수작(6수), 기지(5수)로 나뉜 조선 전·중기의 대남성적 감성 양상은 특정한 쪽으로 치우치지 않고 균등하게 분포돼 있다. 그래서 조선 전·중기 기녀시조에 보이는 대남성적 감성의 이러한 다양성은 남성적 권위의 굴레에 얽매이지 않는 당당함으로 규정하기도 했다. 조선 후기에 수작을 전혀 발견할 수 없고 기지와 관련된 시조가 1수로 제한돼 있는 점을 통해서도 전·중기의 기녀시조를 '굴레에 얽매이지 않는 당당함'이라 표현한 것은 온당하다. 그렇지만 전·중기와 후기에 동시에 나타나는 상사相思는 진술면에서 차이를 발견할 수 있다. 즉 기녀 입장에서의 상사는 수동적일 수밖에 없지만 전·중기에 나타난 상사는 일방적 사랑이 아닌 쌍방적 사랑의 감성에 기반 둔 상사의 노래로 규정할 정도로 수동적인 상사와 다소 거리를 두고 있다는 것이다. 특히 인자仁者는 산을 즐기고 지자知者는 물을 즐긴다樂山樂水는 『논어』의 구절에 기댄 황진이의 시조가 이채롭다. 자신의 애정을 인자의 속성처럼 산에, 임의 정을 지자의 속성처럼 물에 기댄 것도 파격인데 임의 정이 결코 자기를 못 잊어 울며 흘러갈 것이라며 진술하는 "녹수綠水도 청산靑山을 못 잊어 울면서 가는고"에서 대범함마저 느낄 수 있다. 그리고 임과의 이별이 임에 의한 것이 아니라 자신이 붙잡았으면 상대방이 떠날 리 없다고 할 정도로 이별은 자신이 발생시킨 것이라고 "있으라 했으면 갔을 리 없지만"으로 진술하는 데에서도 이러한 면모를 확인할 수 있다.

쌍방적 사랑의 감성을 바탕으로 하는 '세련된 상사'와 남성을 향한 '적극적 수작'은 조선 전·중기에 비로소 나타난 게 아니라 고려속요에서도 발견할 수 있다.

얼음 위에 댓잎자리 보아 임과 내가 얼어 죽을 만정…정 둔 오늘 밤 더디 새오시라

문득 고침상에 어찌 잠이 오리오 서창을 열어보니 도화가 피었도다 도화는 시름없이 춘풍을 비웃네

넋이라도 임과 한 곳에 지내고자 여겼다가…어기신 분이 누구입니까

오리야 불쌍한 비오리야 냇물은 어디 두고 연못에 자러 오니 연못이 얼면 냇물이 좋아하겠지

남산에 자리 보아 옥산을 베고 누워 금수산 이불 안에 사향각씨 안고 누워 약 든 가슴을 맞추겠습니다

어름우희 댓닙자리 보와 님과 나와 어러주글 만뎡…情둔 오ᄂᆞᆶ밤 더듸 새오시라

耿耿 孤枕上애 어느 ᄌᆞ미 오리오 西窓을 여러ᄒᆞ니 桃花ㅣ 發ᄒᆞ두다 桃花ᄂᆞᆫ 시름업서 笑春風ᄒᆞᄂᆞ다

넉시라도 님을ᄒᆞᆫᄃᆡ 녀닛景 너기다가…벼기더시니 뉘

러시니잇가

　올하 올하 아련 비올하 여흘랑 어듸 두고 소해 자라
온다 소콧 얼면 여흘도 됴ᄒ니

　南山애 자리 보와 玉山을 벼여누어 錦繡山 니블 안
해 麝香 각시를 아나 누어 藥든 가슴을 맛초ᅌᅡ사이다
(「만전춘별사」)

　정情 나눈 오늘밤 더디 새기를 바라며 임의 부재로
인해 침상이 외롭다耿耿 孤枕上는 진술이 대표적인 기
녀정서라 할 때, 위의 화자는 다소 모험적인 표현도 서
슴지 않고 있다. 예컨대 '함께 살아갈 것이라고 맹서하
던 사람이 누구입니까(넉시라도 님을흔딕 녀닛景 너기다
가…벼기더시니 뉘러시니잇가)'에서 멈추지 않고 임의 모습
을 방불케 하는 오리를 향해 조롱과 함께 기녀로서의
자신감을 드러내고 있다는 것이다. 화자가 님과 함께 있
겠다며 다짐(넉시라도 님을흔딕 녀닛景 너기다가)을 했지만
그것을 어긴 사람은 화자를 '고침상孤枕上'에 있게 했
던 임이었기에 그를 향해 혼잣말이나마 '항의투의 진
술(어긴 사람이 누구입니까, 벼기더시니 뉘러시니잇가)'을 한
것인데 이는 수동적 위치에 있을 수밖에 없는 기녀의
처지에서 벗어난 경우에 해당한다. 그리고 오리에게 '볼

쌍한(아련)'이란 수사를 얹어서 조롱하면서 그를 향해 너의 '처는 어디에 두고 이곳에 잠자러 왔냐(여흘랑 어 듸 두고 소해 자라)'고 반문을 한다. 화자는 여기서 멈추지 않고 내가 이곳에서 '온전히 기능을 하지 못하면 너의 처가 좋아하겠(소콧 얼념 여흘도 됴ᄒ니)'지만 결코 그런 일은 일어나지 않을 것이라 스스로 다짐하고 있다. 이어 노골적인 '성 행위를 통해 다시는 헤어지지 않겠다 (麝香 각시를 아나 누어 藥든 가슴을 맛초ᇰ)'는 진술로 끝을 맺는다.

「만전춘별사」의 진술방법은 조선 전·중기의 그것과 다름 아니다. 임을 대하는 화자가 기녀의 일반적인 자세를 취하되 그것에 매몰되지 않고 경우에 따라 항의투의 진술을 할 수 있었던 것은 그들이 쌍방적 감성을 공유했기에 가능한 일이다. 상대하던 남성의 처까지 거론하면서도 자신은 결코 기녀다움을 잃지 않을 것이라는 점과 임을 안정된 공간에서 다시는 빼앗기지 않겠다고 다짐하는 부분은 조선 전·중기의 상사·수작·기지를 넘어서고 있다. 이러한 진술이 가능했던 배경에 분별품류와 형척인물에 능한 기녀가 자리 잡고 있다. 그리고 고려시대에는 기녀들의 역량뿐 아니라 그것을 발휘할 만한 여건이 마련돼 있었다. 예컨대『고려도경』에 따르면,

기녀가 대악사(260명), 관현방(170명), 경시사(300여 명)에 소속돼 있었는데, 특히 경시사의 기녀들이 개성의 상공인들을 위하여 춤과 노래 같은 연주활동을 벌였던 연예인으로 기능했던 점과 "모든 광대 잡기와 지방의 노는 기녀들까지 모두 불러 올려 사방에서 혼잡하게 모이니, 깃발이 길에 잇따르고 궁중에 가득하였다(『고려사절요』)는 기록을 통해 기녀들이 활동했던 분위기를 엿볼 수 있다.

조선 전·중기 기녀시조의 '남성적 권위에 얽매이지 않는 당당함'은 분별품류와 형척인물을 바탕으로 진술됐으며 이와 관련된 기녀를 명기라 칭할 수 있었다. 반면에 도표에 나타난 것처럼 조선 후기 기녀시조를 자유로운 감성과 당당함의 약화현상으로 규정할 정도로 상사가 증가(7수에서 30수)하거나 수작이 몰락(6수에서 0수)하거나, 지기가 감소(5수에서 1수)하고 있었다. 이러한 현상이 일어난 이유는 기녀의 내적/외적 요인에서 찾을 수 있다. 내적 요인은 '손님에 맞추어 응대'하거나 '진실로 미칠 수 없다分別品流·衡尺人物'는 기녀의 소양이 조선 전·중기에 비해 뒤쳐졌을 가능성이고, 외적 요인은 명기의 소양을 갖추었지만 그들이 상대하던 자들이 '자유로운 감성과 당당함의 약화'를 요구했을 가능성이다.

물론 조선 후기의 '감성과 당당함의 약화현상'을 전적으로 기녀의 내적/외적 요인으로만 돌릴 수는 없다. 그래서 기녀 개인의 내적/외적 요인뿐 아니라 그들의 소양이 발휘될 풍류공간의 변화가 또 다른 이유가 될 것이다.

> 기녀집단 내외부의 변화는 궁중 여악의 폐지와 기녀에 대한 관의 통제력 약화로 요약해 볼 수 있다. 인조반정 이후 장악원의 여기를 혁파하고, 여악을 폐지하면서 기녀에게는 사적인 활동의 영역이 넓어지게 되었다.… 관의 지배로부터는 자유로워졌지만 생계를 위한 최소한의 보호막마저 사라졌기에, 기녀들은 부득불 생업의 현장에 나서야만 했다.…이러한 변화는 자연스럽게 문인이자 작가인 기녀보다는 창자로서의 기녀를 선호하는 환경을 조성하게 되었다.(박애경)

창자로서의 기녀를 선호하는 환경의 변화는 시정 및 풍류공간의 발달과 밀접하다. 신흥부자가 기녀를 동원하는 일로 소일거리를 삼았던 「장교지회長橋之會」나 거상이 출자하여 사치스런 상업형 기방을 만든 「혁미감증嚇美酣憎」이라는 한문단편의 경우를 보더라도 분별품류와 형척인물을 바탕으로 하는 문인이자 작가인 기녀보다 '창자로서의 기녀'가 풍류공간에서 각광을 받을 수 있었다. 물론 '창자로서의 기녀'는 조선 후기 여창의 등장과 밀접한데 음악적으로는 남창과 동일한 창곡들을 사용하되 여성의 몸과 음역에 알맞은 창법으로 개발시켜야 했던 새로운 연창방식이 그것이다.

그리고 조선 후기에 이르러 열 의식이 확장되고 있었다.

임진왜란과 병자호란이라는 두 차례의 큰 전란으로 사회적 혼란과 무질서가 야기되자 질서회복과 안정추구의 방책으로 禮를 중시하게 된 17세기에 접어들면서 국가적 시책과 가문의식이 결합되어 열녀에 대한 관심도 새로이 환기되는 현상이 나타난다. 사대부 계층에서 보여주는 관심에 못지않게 열녀로 정표된 평민여성들의 숫자가 전대에 비해 증가한 것은 초기에 재가금지조항의 제약을 받는 사대부여성들에 한정됐던 열규범이 이제 전계층에 걸쳐 광범위하게 자리 잡아(『여성학논집』 12집)

열녀에 대한 관심이 전계층으로 확장됨에 따라 기

녀시조도 이를 비켜갈 수 없었다. 열에 대한 강화는 여
성을 더욱 수동적인 상황으로 몰아갔기에 분별품류와
형척인물에서 출발하는 '세련된 상사·수작·기지'는 위
축될 수밖에 없었다. 즉 기녀가 '쌍방적 사랑의 감성에
기반 둔 상사'나 '노골적 수작', 그리고 '연회의 좌중을
압도하는 기지'를 진술하는 일은 열을 강화하는 분위
기와 배치되는 것이었다. 그에 따라 수동적 사랑의 비
애를 노래한 상사노래의 비중이 커졌고 이러한 경향이
이른바 '감성의 매너리즘화'로 귀결되었다. 조선 후기
기녀시조에서 이러한 노래의 비중이 86%에 이른다고
한다.

안정적 진술과 모험적 진술의 갈등, 그리고 또 다른 모색

풍류공간의 변화와 열烈 의식의 확장 속에서 기녀
들이 수동적 상사로 경도된 것은 그들의 태생적인 부분
과 밀접하다. 기녀의 가·무·서는 그들의 자족적인 부분
과 무관하다는 점, 그들이 기명妓名을 사용한다는 점,
공간의 성격에 따라 '기녀 꽃보기'의 단계까지 진전될

수 있다는 점이 그들의 태생적 운명과 관련이 있다. 기녀의 이러한 특성처럼 그들이 풍류공간에서 온전히 기능하기 위해 사랑의 성공이 아니라 실패와 관련된 진술을 해야 한다. 무엇보다 그들을 지칭하는 해어화라는 단어가 의미하듯 기녀들이 진술하는 사랑의 실패와 관련된 수동적 상사는 어떤 성향의 풍류공간에서든 호응을 얻을 수 있었다. 하지만 수동적 상사가 능사라 하더라도 그들이 기녀였던 만큼 분별품류와 형척인물에 기대 '세련된 상사·수작·기지'를 구사할 줄 아는 명기에 대한 바람은 완전히 배제시킬 수 없었다. 그래서 풍류공간에서 기녀들은 수동적 상사를 택할 것인지 아니면 다소 모험적이지만 분별품류와 형척인물에 기댄 진술을 할 것인지 갈등을 하게 된다. 그들끼리는 명기의 소양과 세련된 상사·수작·기지에 대해 운운하면서도 현실에서는 그것을 발휘하기는커녕 안정적인 방법을 택할 수밖에 없는 처지이다. 행수기녀나 가모假母에게 명기에 대한 소양을 배웠지만 그것을 현실에서 그대로 응용시키려면 다소 모험적인 자세가 필요하다. 안정적 진술을 단념하고 명기답게 모험적 진술을 추구하면 풍류공간의 분위기를 망치거나 참석자의 질책을 감수해야 하는 위험이 있고 자신의 위치를 일정하게 유지하려고 수동적 상사 즉 안정적 진술을 택하면 그 대가로 명기 다움分別品流·衡尺人物을 포기해야 한다. 모험적 진술과 안정적 진술 사이에서 갈등하는 상황에서 그녀들 대부분은 안정적 진술인 수동적 상사를 선호하게 된다.

그러나 풍류공간의 이러한 변화 속에서도 단순히 안정적 진술에만 매몰되지 않는 기녀들이 있었다. 그들은 명기의 소양과 그렇지 못한 현실이 충돌했을 때, 정작 하고 싶었던 것이 행여 밖으로 분출될까 억압하며 안정적인 진술을 택했지만 결국에는 모험적 진술을 포기하는 대신 시선을 다른 쪽으로 돌렸다. 이것이 모험적 진술을 억압했던 부분을 해제시키고 또 다른 모색을 자신에게서 찾았다는 데에서 안정적 진술에만 매달렸던 자들과 변별된다. 자신을 향한 분별품류와 형척인물의 결과가 고백의 형태로 나타나기도 한다.

고백이란 단순히 개인의 내면을 드러내는 것이 아니라는 점을 시사하고 있다. 고백을 하는 사람은 고백을 통해 자신이 속해 있는, 또는 속하고 싶어 하는 공동체의 일원이 되고 싶다는 의지를 적극적으로 표명하는 행위라는 것이다.(유홍주)

테렌스 두디Terrence Doody의 '고백론'을 해설한 부분
인데, 이를 통해 기녀의 내면을 읽어낼 수 있다. 고백을
하는 행위는 단순히 개인의 내면을 드러내는 데 머물지
않고 자신이 속해 있는 혹은 속하고 싶어 하는 의지와
관계하기에, 내밀한 독백과 관련된 시조를 통해 화자의
바람을 살필 수 있다. 예컨대 소나무落落長松에 해당하
는 자신이 초동樵童의 낫에 넘어가지 않겠다는 송이松
伊의 시조와 강가에 매어 놓은 배綠楊紅蓼邊 桂舟의 처
지이지만 저문 강가에 손님이 많더(日暮江上에 건너리 ㅎ
도홀사)라도 누구도 태우지 않고 순풍을 만나 혼자 건너
가겠다(順風을 만나거든 혼ᄌ 건너겠다)는 계단桂丹의 시
조가 그것이다. 자신을 높은 절벽에 있는 소나무(千尋
絶壁에 落落長松)에 비유한 송이는 '초동의 낫'이 자신을
결코 걸交脚 수 없다며 명기의 소양을 펼칠 수 있을 만
한 손님을 고대하고 있는 모습이다. 강가에 사람이 많
더라도 차라리 혼자 건너겠다는 계단의 심사 또한 송이
와 별반 차이가 없다. '초동'과 '저문 강가에 많은 사람'
은 명기다움을 구사하고 싶은 송이와 계단에게 불만스
런 대상들이다. 물론 가창환경의 변화가 '세련된 상사·
수작·기지'를 위축시켜 기녀들의 모험적 진술을 억제하
는 상황에서도 안정적 진술에 해당하는 수동적 사랑의

비애에만 골몰하지 않고 분별품류와 형척인물의 소양을 자신에게 구사하여 여전히 명기다워지려는 바람을 포기하지 않았다는 점에서 그들은 예사 기녀들과 구별되는 자이다.

> 떠나버린 님을 기다리기만 할 수밖에 없는 자신의 차폐된 내면적 욕망을 3장 형태의 짧은 형식으로 추스르기에는 단장시조의 형식이 너무나 옹색함을 깨달았던 것이다.⋯그러나 이런 욕망이나 한이 그들로 하여금 대남성적 감성의 틀 속에 안주하지 않는 새로운 시적 내면화의 길을 발견하게 했다면 지나친 역설일까. 어쨌든 조선 후기의 기녀작가들은 대남성적 감성의 內化를 통해 그들의 시적 정체성을 확보하고자 했고, 그러한 안간힘의 종착지 어디쯤에서 그들은 연작시조에 닻을 내리게 된 것이다.(성기옥)

조선 후기 기녀 연작시조의 등장 가능성을 언급한 위의 논의는 풍류공간의 변화와 열 의식의 확장 속에서 기녀들이 태생적으로 갈등해야 할 부분 즉 안정적 진술과 모험적 진술 사이에서 어느 한 쪽을 택해야 할 때 단순히 안정적 진술에 머물지 않고 분별품류와 형척인물이라는 소양을 자신에게 향하게 했다는 점에서 타당하다. 무엇보다 자신을 향한 것이 내밀한 독백과 관계된 것이니만큼 단형보다 연작 형태에 기대 진술해야 했던 것이다. 조선 후기에 이르러 기녀들이 자신의 삶을 돌아보는 작품을 산출하는 것도 이러한 사정과 일정한 관련이 있다. 안정적 진술과 모험적 진술 사이에서 어쩔 수 없이 전자를 택해야 하는 상황에 안주하지 않고 또 다른 모색을 자신에게서 찾았다는 점에서, 연작이나 삶을 성찰하는 시조를 지을 줄 아는 기녀는 명기의 소양을 지녔다고 할 수 있다.

이 글은 조선 후기에 수작·기지 시조의 행방을 해명하기 위해 출발했다. 특히 기녀의 태생적인 부분을 감안해 그들과 수작·기지의 관계, 가창환경의 변화, 안정적 진술과 모험적 진술의 갈등 등을 고려하였다. 명기와 그렇지 못한 기녀의 차이는 분별품류와 형척인물에 대한 소양의 유무有無에서 생기는 것이었기에 명기는 이를 토대로 수작·기지라는 모험적인 진술을 할 수 있었던 자들이다. 그리고 그들은 상사를 진술할 때에도 '수동적 상사'에 편향돼 있던 평범한 기녀와 달리 '쌍방적 사랑의 감정'을 구사할 수 있었다. 이른바 명기다움과 관련된 '세련된 상사·수작·기지'를 「만전춘별사」에서도 발견할 수 있었다. 이러한 경향은 조선 전·중기 기녀 시조에서도 여전하다가 후기에 이르러 행방이 묘연해졌다. 이에 대한 원인을 분별품류와 형척인물이라는 소양과 관련해 기녀의 내적/외적 요인에서 찾을 수 있는데, 분별품류와 형척인물의 소양이 조선 전·중기에 비해 뒤쳐졌을 가능성과 명기의 소양을 지녔지만 그들이 상대하던 자들이 '감성과 당당함의 약화'를 요구했을 가능성이 그것이다. 그리고 창자로서의 기녀를 선호하는 가창환경의 변화와 열 의식의 확장도 조선 후기 수작·기지의 행방과 관련돼 있었다. 하지만 단순히 안정적 진술을 구사해야 하는 상황 속에서도 명기다움과 관련된 분별품류와 형척인물이라는 소양을 포기하지 않고 그것을 자신에게 향하게 했던 기녀들이 있었다. 그들은 연작이나 자신의 삶을 성찰하는 시조를 지을 줄 아는 자들로 명기의 소양을 지녔다고 할 수 있다. 게다가 명기의 소양을 펼칠 만한 여건은 아니지만 여전히 명기다움을 구사할 만한 남성이 없는 것에 대해 불만을 갖기도 하고 혹은 그러한 남성을 고대하는 기녀도 발견할 수 있었다.

특정한 직능을 담당한 자라면 해당 분야에서 최고가 되려는 바람을 갖기 마련이다. 기녀도 예외가 아니라는 점에서 그들의 태생적인 부분에 기대 조선 후기 수작·기지 시조의 행방을 논의해 보았다.

참고문헌

『청구영언·해동가요(합본)』, 아세아문화사, 1974.

황순구, 『청구영언 연구(부록 오씨본·육당본 청구영언)』, 백산출판사, 1990.

『청구영언(영인편)』, 국립한글박물관, 2017.

강명관, 『조선시대 문학예술의 생성공간』, 소명출판, 1999.

강명혜, 『고려속요·사설시조의 새로운 이해』, 북스힐, 2002.

강진옥, 「열녀전승의 역사적 전개를 통해 본 여성적 대응양상과 그 의미」, 『여성학논집』 12집, 이화여대, 1995.

김석회, 『조선후기 시가 연구』, 월인, 2003.

김소운 편, 『언문조선구전민요집』, 제일서방, 1933.

김용찬, 『조선후기 시가문학의 지형도』, 보고사, 2002.

_____, 『교주 병와가곡집』, 월인, 2001.

김학성, 『한국 고전시가의 정체성』, 성균관대 대동문화연구원, 2002.

_____, 「사설시조의 형식과 미학적 특성」, 『어문연구』 30집, 한국어문교육연구회, 2002.

김흥규, 『욕망과 형식의 시학』, 태학사, 1999.

류수열, 『고전시가 교육의 구도』, 역락, 2008.

류종영, 『웃음의 미학』, 유로, 2005.

박성봉, 『대중예술의 미학』, 동연, 1995.

박애경, 「소수자문학으로서의 기녀문학」, 『고전문학연구』 29집, 한국고전문학회, 2006.

박을수, 『한국시조대사전』, 아세아문화사, 1991.

박혜숙·최경희·박희병, 「한국여성의 자기서사(2)」, 『여성문학연구』 8

집, 한국여성문학학회, 2002.

성기옥, 「기녀시조의 감성특성과 시조사」, 『한국고전여성문학연구』 창
간호, 한국고전여성문학회, 2000.

송방송, 『한국음악통사』, 일조각, 1984.

신경숙, 「사설시조 연행의 존재양상」, 『홍익어문』 10·11집, 홍익대,
1992.

_____, 「근대학문 100년 속에서 김천택 편 '청구영언'이 걸어온 길」,
『청구영언』, 국립한글박물관, 2017.

신연우, 『조선조 사대부 시조문학 연구』, 박이정, 1997.

심재완 편, 『교본역대시조전서』, 재판;세종문화사, 1972.

심재완, 『시조의 문헌적 연구』, 세종문화사, 1972.

유세기, 『시조창법』, 문화당, 1957.

유홍주, 「한국근대 고백소설의 형성과 담론양상」, 『현대문학이론연구』
26집, 현대문학이론학회, 2005.

윤영옥, 『시조의 이해』, 영남대출판부, 1986.

이능우, 『고시가논고』, 숙명여대출판부, 1983.

이능화, 『조선해어화사』, 이재곤 옮김, 동문선, 1992.

이문성, 「사설시조에 나타난 성적 어휘와 성풍속」, 『한국학연구』 19, 고
려대, 2003.

이수웅, 『중국창기문화사』, 대한교과서주식회사, 1987.

이우성·임형택 역편, 『이조한문단편집』 상, 중판; 일조각, 1993.

이영태, 『고려속요와 기녀』, 경인문화사, 2004.

_____, 「시조의 가창공간과 가창 참석자들의 심리-프로이트의 농담이
론」, 『고전문학연구』 27집, 한국고전문학회, 2005.

_____, 『고려속요와 가창공간』, 한국학술정보, 2012.

장사훈, 『시조음악론』, 서울대출판부, 1986.

정주동·유창식 교주, 『진본 청구영언』, 신생문화사, 1957.

조규익, 『만횡청류』, 박이정, 1999.

조동일, 『탈춤의 역사와 원리』, 6쇄;홍성사, 1981.

최동원, 『고시조론』, 중판;삼영사, 1991.

황충기, 『성을 노래한 고시조』, 푸른사상, 2008.

허웅·이강로 공저, 『주해 월인천강지곡』, 신구문화사, 1999.

리처드 월하임, 『프로이트』, 이종인 옮김, 시공사, 1999.

앙리베르그송, 『웃음-희극성의 의미에 관한 시론』, 7쇄;정연복 옮김, 세
　　계사, 1999.

지그문트 프로이트, 『농담과 무의식의 관계』, 재간;임인주 옮김, 열린책
　　들, 2004.

J. 호이징하, 『호모루덴스』, 권영빈 역, 홍성사, 1980.

N.하르트만, 『미학』, 전원배 옮김, 을유문화사, 1995.

상병화, 『역대사회풍속사물고』, 호남성: 악록서사출판, 1991.

왕서노, 『중국창기사』, 상해: 신화서점, 1988.

프로이트의 농담이론과 시조의 허튼소리

1판 1쇄 펴낸날 2018년 8월 10일

지은이 이영태

펴낸이 서채윤 펴낸곳 채륜
책만듦이 김승민 책꾸밈이 이한희

등록 2007년 6월 25일(제2009-11호)
주소 서울시 광진구 자양로 214, 2층(구의동)
대표전화 02-465-4650 팩스 02-6080-0707
E-mail book@chaeryun.com Homepage www.chaeryun.com

ⓒ 이영태. 2018
ⓒ 채륜. 2018. published in Korea

책값은 뒤표지에 있습니다.
ISBN 979-11-86096-80-2 03800

이 도서의 국립중앙도서관 출판예정도서목록(CIP)은 서지정보유통지원시스템 홈페이지
(http://seoji.nl.go.kr)와 국가자료공동목록시스템(http://www.nl.go.kr/kolisnet)
에서 이용하실 수 있습니다. (CIP제어번호 : CIP2018022560)

♀ 채륜서(인문), 앤길(사회), 띠움(예술)은 채륜(학술)에 뿌리를 두고 자란 가지입니다.
  물과 햇빛이 되어주시면 편하게 쉴 수 있는 그늘을 만들어 드리겠습니다.